노래하는 교장 방승호의

마음의 반창고

노래하는 교장 방승호의

마음의 반창고

방승호 지음

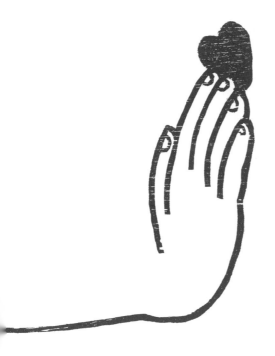

창비

머리말

매일 아이들과 만나 이야기를 나눕니다. 아이들과 이야기를 나누는 일은 저 자신과의 약속이기도 합니다. 약속이 시작된 까닭은 이렇습니다. 9년 전, 저는 특별한 학교로 발령을 받았습니다. 서울 마포구 굴레방다리 근처의 그 학교는 입학 조건이 까다롭습니다. 서울 인문계 고등학교에서 하루에 다섯 시간 이상 엎어져서 잘 수 있는 능력을 가진 아이들만 입학할 수 있는 곳. 바로 제가 지금의 학교를 소개할 때 하는 우스갯소리입니다. 실제로 공부보다는 다른 것에 관심이 많은 아이들이 모여 직업 교육을 받는 곳입니다.

어느 날 문득 아이들이 왜, 언제부터 공부를 포기하게 되었는지 궁금해졌습니다. 그래서 한 명 두 명 만나서 그 이유를 물었고, 내친김에 전교생에게 이야기를 들어 보자고 마음먹었습니다. 날마다 아이들을 만나자고 저 자신과 약속했습니다.

아이들을 만나면 이야기를 나누기 전에 함께 놀았습니다. 상담을 어색해하는 아이들과 함께 팔씨름, 발등 밟기, 동전 숨기기 등 몇 가지 놀이를 했는데, 상상 이상으로 아이들의 마음을 여는 데 효과적이었습니다. 신나게 놀고 난 후에야 아이들은 마음속 이야기를 꺼내놓았습니다. 속마음을 드러내서 이야기하는 것은 마치 연금술 같았습니다. 답답해하던 아이들의 표정은 어느새 밝게 변했습니다. 아이들은 상처를 받아들이면서 희망을 만들어 냈습니다. 정말 흥미로운 변화였습니다. 효과가 알려지면서 저는 상담을 하러 다른 지역에까지 가게 되었고, 주말에도 아이들을 만나서 많은 이야기를 나누었습니다.

저는 정말 끈기가 없고, 말재주도 특별하지 않은 사람입니다. 지금껏 꾸준히 상담을 한 것은 제 힘만으로는 도저히 할 수 없는 일입니다. 이탈리아 작곡가 푸치니는 이런 말을 했습니다. "「나비 부인」은 내가 신으로부터 받아 적은 것입니다. 나는 단지 그것을 종이에 쓰고 사람들에게 전달하는 역할을 했을 뿐입니다." 푸치니의 말에 기대어 저는 감히 이런 생각을 한 적이 있습니다. '나는 그저 아이들 이야기를 있는 그대로 듣고 그것을 사람들에게 전달하는 통로이다. 아이들 마음속에 숨은 엄청난 잠재력을 널리 알리고 아이들이 세상에 말을

걸도록 주선하는 역할을 부여받았을 뿐이다.'

아이들과 나눈 이야기를 전하기에 앞서 어른들에게 꼭 당부하고 싶은 것이 있습니다. 제가 만난 아이들 중에 꿈이 없는 아이는 없었습니다. 미래를 기대하며 무엇이든 하고 싶어 했습니다. 그러니 절대로 아이를 포기하지 않기를 바랍니다.

2017년 봄

방승호

차례

3부 과거의 기억과 만나기

4부 나비로 날게 하기

5부 아이들을 세상과 연결하는 다리

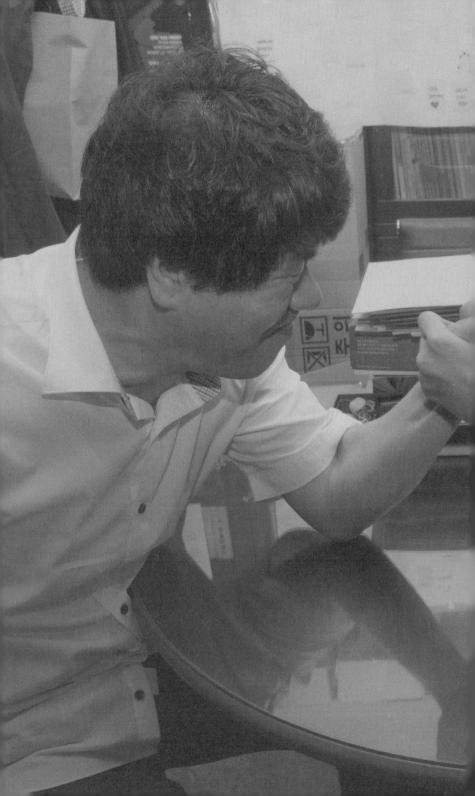

• **일러두기** 본문에 나오는 학생들의 이름은 모두 가명입니다.

1부

호랑이 탈을 쓴 교장 선생님

천하의 무늬가 될 깨진 기와 조각

제가 교장으로 일하는 학교는 조금 특별한 곳입니다. 공부보다 직업 교육에 관심 있는 아이들이 다니는 학교로, 인문계 고등학교에서 2학년까지 다닌 아이들이 이곳에 와서 3학년을 마치면 원래 다니던 학교의 졸업장을 받습니다. 우리 학교에는 미용, 사진, 제과·제빵, 컴퓨터, 디자인, 실용 음악 등 14개 학과가 있습니다.

이 학교에 부임해 오고 나서 처음 한 일은 아침마다 교실을 도는 것이었습니다. 아이들과 친해지고 싶었기 때문입니다. 우리 학교는 학급 수가 27개이고 학생은 800여 명입니다. 학교 건물이 세 동으로 나누어져 있어서 하루에 한 동씩 돌았습니다. 첫 주에는 교실에 들어가지 않고 교실 문에 서서 내가 누구인지 아느냐고 묻고는 어리둥절해하는 아이들에게 내가 교장이라고 한마디 하고 웃으며 나왔습니다. 그다음 주에는 학교에서 내가 가장 잘생겼다고 우기면서 돌아다녔습니다. 셋째 주에는 전교생에게 제 전화번호와 메일 주소가 있는 명함을 주면서, 교장실에 맛있는 게 있으니 언제든지 놀러 오라고 말하고 다녔습니다. 한 달이 지나자 점심시간과 쉬는 시간마다 아이들이 교장실에 찾아왔습니다. 자기 방처럼 편안하게 왔다 갔습니다.

오늘도 점심시간에 미용과 학생 여섯 명이 찾아왔습니다. 아이들에게 마실 것과 초코파이를 내주고 이런저런 이야기를 나눴습니다. 기타를 치면서 노래도 한 곡 불러 주었습니다. 아이들이 자연스럽게 가락을 타더니 노래가 끝나자 아낌없이 박수를 쳐 주었습니다. 기분이 좋아 보였습니다. 저도 기분이 좋았습니다.

이어서 재미있는 놀이를 하자고 제안했습니다. 세 명씩 짝을 지어 한 명이 오른손이나 왼손에 동전을 숨기면, 상대편은 어느 손에 동전이 있는지를 맞히는 놀이입니다. 아이들이 재미있는지 다른 것도 하자고 했습니다. 그래서 그림 카드 게임을 하자고 제안했습니다. 여러 장씩 카드를 나누어 가지고 한 사람이 주제를 정한 후에 주제와 관련된 카드를 내면, 나머지도 자신의 카드 중에 정해진 주제에 대한 카드를 내는 놀이입니다.

제가 먼저 '꿈'을 주제로 정했습니다. 그리고 아이들이 내놓은 카드를 보며 꿈이 무엇인지 물었습니다. 민지는 꿈이 미로라고 대답했습니다. 앞길은 아직 모르니까 그렇다고 했습니다. 미숙이는 일단 미용사 자격증을 따는 게 꿈이라고 했습니다. 다혜는 쥐구멍에도 볕 들 날이 있다며, 나중에는 빛을 볼 수 있기를 기대한다고 말했습니다.

꿈을 이루는 데 어떤 장애물이 있는지 물었습니다. 아이들은 대개 '부모님의 반대'를 이야기했습니다. 다들 직업 학교를 선택할 때 부모님 반대가 심했다고 합니다. 그리고 자신들의 '게으름'도 큰 장애물이라고 말했습니다.

이어서 '친구'를 주제로 카드를 뽑아서 이야기를 나누었습니다. 수영이는 힘들 때 말하지 않아도 위로해 주고 평소에도 소소하게 같이 놀 수 있는 상대가 진정한 친구이고, 다른 곳에서 자신을 헐뜯는 애는 나쁜 친구라고 했습니다. 정미는 잘 통하고 힘들 때 도와주는 친구가 좋고, 자기 비밀을 약점 잡아 약을 올리거나 무시하는 애는 싫다고 했습니다.

꿈과 친구에 대한 이야기를 나누다 보니 점심시간이 훌쩍 지나갔습니다. 아이들은 '평소의 고민을 이렇게 접근하는 게 새로웠다.' '내 생각을 표현할 수 있어서 좋았다.' '교장실에서 이런 시간을 가질 수 있다는 것이 신기하다. 고정관념이 깨진 것 같다.' 등의 소감을 돌아가며 말했습니다.

실학자 연암 박지원의 『열하일기』를 읽다가 마음에 와 닿는 구절을 발견했습니다.

"대체로 깨진 기와 조각은 천하의 쓸모없는 물건이다. 그러나 민가에서 담을 쌓을 때 어깨 높이 위쪽으로는 깨진 기와 조각을 둘씩 짝지어 물결무늬를 만들거나, 혹은 네 조각을 모아 쇠사슬 모양을 만들거나, 또는 네 조각을 서로 등지게 하여 노나라 엽전 모양으로 만든다. 그러면 구멍이 찬란하게 뚫리어 안팎이 서로 비추게 된다. 깨진 기와 조각도 알뜰하게 써먹었기 때문에 천하의 무늬를 여기에 다 새길 수 있었던 것이다."

아이들은 전에 다니던 학교에서 수업 시간에 엎드려 자는 일이 많았다고 합니다. 그런데 우리 학교에 온 뒤로는 졸음이 싹 사라졌습니다. 온종일 실습이 있어도 웃음을 잃지 않고 열심히 합니다. 참 신기한 일입니다. 지금도 수많은 학교에 공부 말고 다른 것에 관심 있는, '천하의 무늬가 될 깨진 기와 조각'이 많습니다. 이제라도 박지원의 말을 귀담아들어야겠습니다.

호랑이 탈 쓰고 아이들 곁으로

교장 발령을 받고 맨 처음 부임한 곳은 서울의 한 인문계 고등학교였습니다. 그곳에서 가장 피부에 와 닿은 문제는 절도·흡연·폭력 같은 학생 생활 지도였습니다. 선생님들 사이에서 소통이 제대로 이루어지지 않는 것도 큰 문제였습니다.

저는 무엇보다 먼저 아이들과 선생님들에게 다가서려고 노력했습니다. 학교에서 마주치는 누구에게나 항상 웃는 얼굴로 대했습니다. 교장실 벽에 '이해한 만큼 이해를 바라지 않는다.' '모욕을 용서하는 것이 겸손이다.' 등의 문구를 써 놓고 틈날 때마다 읽고 또 읽었습니다.

그러던 어느 날 학교 부근을 걷다가 진열창 너머에 호랑이, 늑대, 원숭이 등 동물 모양의 탈이 놓여 있는 가게를 보았습니다. '저거다!' 하는 마음에 그 자리에서 여러 개를 구입했습니다. 탈을 쓰고 다니면 교장 이미지에 대한 고정관념에서 자유로워질 거라고 기대했습니다. 하지만 막상 동물 탈을 쓰고 다니려니 부끄러워 교장실에서 망설이고 또 망설였습니다. 결국 복잡하게 생각할 것 없이 확 문을 열고 나갔습니다. 복도에서 마주친 선생님들과 아이들이 처음에는 당황했으나, 하나둘 웃음으로 반겨 주었습니다.

다음 날부터 매일 탈을 쓰고 학교를 돌았습니다. 반응이 뜨거웠습니다. 특히나 아이들이 무척 좋아했습니다. 복도에서 마주칠 때마다 반갑게 다가와서 사진을 찍자고 했습니다. 탈을 한번 써 보게 해 달라는 아이들도 있었습니다. 탈을 쓰고는 신기해하면서 즐거워했습니다.

아이들의 표정이 밝아지고, 교장을 대하는 태도도 달라졌습니다. 아이들이 서슴없이 교장실에 들어왔습니다. 저는 교장실 문패 밑에 '꿈 발전소'라는 명패를 달았습니다.

'겨우' 호랑이 탈을 썼을 뿐인데 학교 분위기가 달라졌습니다. 한번은 학생 자치회에서 학교가 더럽다며 아침에 청소할 사람을 방송으로 불러 모았습니다. 큰 기대를 하지 않았는데 아이들이 물밀듯이 내려와서 깜짝 놀랐습니다. 모두 130여 명이나 되었습니다. 그 후로 아이들이 아침 일찍 학교에 와서 집게와 봉지를 가지고 청소를 했습니다. 매일 열심히 청소하다 보니 아이들이 쓰레기를 함부로 버리는 일도 점점 줄었습니다.

가장 극적인 변화는 연말 연극제에서 일어났습니다. 일주일에 한 시간씩 하던 연극 수업이 발전해서 연극제로까지 이어진 것인데, 아이들이 핀 마이크를 달며 재미있어하던 모습이 지금도 눈에 선합니다. 방송 장비를 대여해 준 담당자가 '요즘 고등학교에서 이렇게 자발적으로 전교생이 참여하는 연극제는 보기 어렵다. 아이들과 선생님들이 대단하다.'라며 칭찬해 주었습니다.

　그렇게 지낸 지 1년이 채 지나기도 전에 아이들과 선생님들은 전혀 다른 모습이 되었습니다. 소극적인 태도에서 벗어나 스스로 무언가를 만들어 내고 있었습니다.

　사실 호랑이 탈을 쓴 일을 포함해서 아이들, 선생님들과 함께 벌인 일은 대개 즉흥적으로 시작되었습니다. 저의 엉뚱한 행동을 재미있게 받아들여 준 선생님들과 아이들이 새삼 고맙습니다.

팔씨름과 발등 밟기

교장실에서 아이들과 만나려면 미리 해야 할 일이 있습니다. 인식을 전환하는 일입니다. 교장실이라고 하면 으레 엄숙한 분위기를 떠올리는 까닭입니다. 아이들이 '교장실은 누구나 와서 놀다 갈 수 있는 공간'이라고 여기도록 해야 합니다.

저는 교장실에 뻥튀기 과자, 초코파이 같은 간식을 준비하고 놀이터처럼 편안한 분위기를 만들어 두었습니다. 소품도 매우 중요합니다. 교장실 곳곳에 인형을 갖다 놓고 벽에는 영화 포스터를 붙였습니다. 준비를 끝내고 교실을 돌며 교장실에 오면 맛있는 걸 준다고 소문을 냈습니다. 호기심에 아이들이 찾아오면 간식을 나누어 주고 정말 편하게 이야기를 주고받았습니다. 한두 명이 왔다 간 뒤로 소문을 내기 시작하면서 친구들을 데리고 오는 아이들까지 생겼습니다. 아이들이 여러 명 왔을 때는 두 명이 바닥에 발끝을 대고 마주 앉은 상태에서 손을 맞잡고 동시에 일어서는 놀이를 했습니다. 생각보다 어려워서 단번에 성공하기가 어려운 만큼, 성공하고 나면 하이파이브를 하고 끝냈습니다.

몸을 움직여 놀이를 하다 보면 아이들 마음의 문이 조금 열립니다. 머릿속에서 재고 빼는 것을 멈추고 놀이 자체에 빠져들기 때문입니다. 그동안 가졌던 모든 선입견을 내려놓고 즐거움을 그 자체로 받아들이는 시간이지요. 특별한 의미를 부여하지 않고 마냥 즐거운 시간을 함께 보내는 동안 아이들은 자연스럽게 마음을 엽니다. 신성한 상호 작용이 이루어지는 것입니다.

가끔 선생님에게 대들어서 교장실로 오는 아이들이 있습니다. 참 곤란한 경우입니다. 호흡이 거칠어지고 눈꼬리가 바짝 올라간 폭발 직전의 아이에게 다가가기는 쉽지 않습니다. 그럴 때 저는 아이를 자리에 앉히고는 손을 내밀어 팔씨름을 하자고 합니다. 처음에는 저도 좀 어색했지만 지금까지 수많은 아이들에게 시도해서 한 번도 실패한 적이 없습니다. 아이들은 처음 손을 잡을 때는 아주 어색한 표정으로 마지못해서 응하지만, 두 번째 대결부터는 본능적으로 팔에 힘을 주며 승부욕을 보입니다. 얼굴에는 핏기가 돕니다. 앙다문 입에서는 신음과 웃음소리가 뒤섞여 이상한 동물 소리 같은 웃음소리가 나옵니다.

팔씨름을 마치고 나면 일어나서 발등 밟기를 하곤 합니다. 손을 맞잡은 상태에서 먼저 상대방의 발을 밟으면 이기는 놀이입니다. 단순해서 한 번 시범을 보여 주면 바로 따라 할 수 있는 놀이로, 아이들을 격앙된 감정에서 벗어나게 하는 데 탁월한 효과가 있습니다. 제아무리 골치 아픈 아이들이라고 하더라도 두 가지 놀이만으로 표정이 달라질 때가 많습니다. 공격적인 태도가 누그러지고 말꼬리가 내려옵니다.

아이들이 편하게 이야기하고 놀 수 있는 분위기만 만들어 놓아도 우리가 문제라고 여기는 것들이 대부분 해결됩니다. 아이에게 문제가 있다고 여긴다면, 교실과 가정에서 팔씨름과 발등 밟기 등 가벼운 몸 놀이부터 시작해 보는 게 어떨까요.

2부

아이들의 꿈과 진로

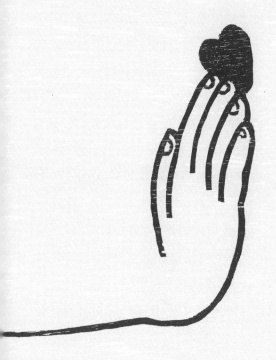

다 좋은데 공부만 안 하는 아이
첫 번째 이야기

학교 운동장 한구석에 선 은행나무들이 마치 가지런한 머릿결처럼 환한 이파리를 빛냅니다. 유난히 동그란 잎 끝은 노랗게 물들었습니다. 몇몇 아이들은 시작종이 울렸는데도 정신없이 공을 차고 있습니다. 축구할 때는 눈빛이 또랑또랑한데 책상 앞에만 앉으면 바로 멍해지는 아이들이 많습니다.

지극히 순하고 결석도 하지 않는, 다른 건 다 좋은데 공부를 하지 않는 아이들과 상담을 시작했습니다. 보통 문제가 있을 때 상담을 하는데, 별다른 문제는 없지만 공부를 안 하는 아이들의 속내가 궁금했습니다.

오늘은 고등학교 1학년 현우를 만났습니다. 지난주에 만나기로 약속했는데, 보건실에 갔다가 깜빡했다고 합니다. 죄송하다고 하면서 다시 약속을 잡은 게 오늘입니다. 짧고 단정한 머리, 작은 체구에 순해 보이는 얼굴을 한 현우가 이번에는 약속 시간을 정확하게 지켜 상담실에 들어왔습니다.

먼저 현우와 팔씨름을 했습니다. 현우가 맥없이 넘어가고 말았습니다. 손을 바꾸어 팔씨름을 해 봤지만 왼손 힘도 약하기는 마찬가지였습니다. 이어서 움직임이 많은 외다리 전투와 발등 밟기를 했습니다. 그런 다음 자리에 앉아 음료수를 마시고 현우에게 요즘 해결하고 싶은 것이 무엇인지 물었습니다.

현우는 '대학 결정'이라고 말했습니다. 그 단어에 동그라미를 치고 느낌을 써 보게 했습니다. 대학에 가는 것이 기대가 된다고 했습니다. 또 다르게 해결하고 싶은 것이 있는지 물었습니다. 목이 아프다고 했습니다. 그 느낌은 우울하다고 했습니다.

기대한 것과 우울한 것 두 가지를 가지고 이야기를 나누었습니다. 초등학교 시절 큰 집으로 이사 갔을 때, 중학교와 고등학교에 올라가면서 교복을 샀을 때 기대가 됐다고 했습니다. 최근에는 아르바이트를 하면서 첫 월급을 받았을 때 정말 좋았다고 했습니다. 아르바이트를 하면서 다쳤을 때는 우울했다고 했습니다.

이야기를 나누는 동안 현우는 엄마 이야기를 자주 했습니다. 살면서 가장 많이 도움받은 사람으로 엄마를 꼽으면서, 성공을 해서 엄마에게 넓은 집을 사 주고 싶다고 했습니다. 형과도 사이가 좋아서 평소에 대화를 많이 한다고 했습니다.

스스로 내성적이라고 말하는 현우에게 꿈을 물었더니 꿈이 없다고 말했습니다. 그래서 어릴 때 가장 잘했던 게 무엇인지 물었더니 그다지 잘한 것도 없다고 대답했습니다. 그러면 무조건 성공이 보장된다면 무엇을 하고 싶은지 물었습니다. 음악을 하고 싶다고 했습니다. 초등학교 때부터 발라드 음악을 좋아했고, 성공이 보장된다면 작곡가가 되고 싶다고 말했습니다. 또 요리를 좋아한다고 했습니다. 어릴 적부터 엄마가 요리를 할 때 옆에서 많이 도왔다고 했습니다.

현우에게 공부를 방해하는 요소가 무엇인지 물었습니다. 한참을 생각하다가 노는 습관, 친구, 그리고 목표가 없는 게 문제라고 답했습니다. 다시 정말 공부를 하고 싶은지 물었습니다. 현우는 그렇다고 했습니다.

우선 잘할 수 있는 과목이 무엇인지 물었습니다. 과학과 사회라고 했습니다. 목표는 70점. 우선 두 과목에서 70점을 받으면 다른 과목도 잘할 수 있을 것 같다고 했습니다.

이야기를 나누면서 느낀 점을 묻자, 현우는 공부를 해서 목표를 찾고 그것을 꼭 이루어야겠다는 생각과 앞으로 잘할 수 있겠다는 생각이 들었다고 대답했습니다.

다 좋은데 공부만 하지 않는 아이들에게는 먼저 자신의 속내를 드러낼 수 있는 편안한 상담을 통해 믿고 따라갈 수 있는 방법을 천천히 건네야 합니다. 기본이 되는 습관부터 차근차근 바꾸어 주는 것이 좋습니다.

다 좋은데 공부만 안 하는 아이
두 번째 이야기

잘생기고 반듯하고 착실하지만 공부를 하지 않는 세춘이를 만나기로 했습니다. 세춘이는 초등학교 때부터 7년 동안 유도를 한 '운동 고수'입니다.

상담실 옆으로 난 좁은 길을 걷다가 낙엽 몇 개를 주워서 세춘이를 만나러 갔습니다. 상담실로 들어오는 세춘이는 몸이 다부져 보였습니다. 염색한 금빛 머릿결이 눈을 살짝 덮고 있었는데 안경 너머로 긴장된 눈빛이 보였습니다. 세춘이는 공손한 자세로 자리에 앉았습니다. 저는 일부러 큰 소리로 잘 왔다고 인사하고 웃음으로 맞아 주었습니다. 그러고는 먼저 팔씨름을 제안했습니다.

"너는 운동을 해서 팔심이 세겠구나."

"아니요. 운동 안 한 지 두 달 정도 됐어요."

"왜?"

"엄마가 돈이 없대요."

이야기를 나누면서 손을 맞잡는데 세춘이 손이 마치 두꺼비처럼 엄청 두꺼웠습니다. 세춘이는 제 손을 잡자마자 팔에 힘을 잔뜩 주었습니다. 운동을 해 온 까닭인지 저도 모르게 승부욕이 발동했나 봅니다.

팔씨름이 끝나고 제가 말문을 열기도 전에 세춘이가 먼저 이야기를 꺼냈습니다. 세춘이는 중학교 1학년 때까지 공부를 잘했다고 합니다. 초등학교 때에는 특히 과학을 잘해서 경시대회에서 금메달을 딴 적도 있고 과학자를 꿈꾸기도 했습니다. 그런데 중학교 3학년 때 친구를 잘못 만난 것이 지금의 자기를 만들었다고 합니다.

그 얘기를 종이에 쓰고 나서 소리 내어 읽고 느낌을 적게 했습니다. 세춘이는 "할 수 있는 것들을 안 하고 지금도 노력하지 않는 것 같다."라고 썼습니다. 이어서 "친구를 잘못 만난 것이 아니라, 내가 잘못된 길로 걸어간 것 같다. 다시 공부를 하고 싶다."라고 썼습니다.

세춘이는 지금 요리사가 되는 게 꿈이라고 합니다. 호텔조리학과에 들어가서 유명한 요리사가 되고 싶다고 했습니다. 어릴 때부터 했던 운동은 너무 힘들다고도 했습니다.

세춘이 스스로 생각하기에 공부 장애물은 '친구'라고 했습니다. 친구들과 함께 몰려다니느라 공부를 할 수 없다고 했습니다.

아이들은 자라면서 부모 못지않게 친구의 영향을 많이 받습니다. 어떤 친구를 만나서 어떤 관계를 맺는지가 정서와 행동에 큰 영향을 줍니다. 현실의 갈등상태에서 벗어나기 위해 친구 관계에 빠져들다가 자칫하면 치명적인 상처를 입게 됩니다.

세춘이는 운동과 공부 사이에서 갈등하다가 불편해진 감정을 친구 관계로 해소하고 있었습니다. 하지만 지금은 공부를 제대로 하고 싶다고 호소했습니다.

저와 세춘이는 함께 사회 교과서의 사진과 그림을 보면서 질문을 만드는 놀이를 해 보았습니다. 세춘이는 이렇게 하면 공부에 흥미가 생길 것 같다고 말했습니다. 저는 세춘이와 다음 시험에서 50점을 넘기자고 목표를 세웠습니다. 그리고 새로운 출발을 기념하며 하이파이브를 했습니다. 현실의 불편한 감정을 회피하지 말고 탁월한 운동감각으로 이겨 나가길 바라면서!

다 좋은데 공부만 안 하는 아이를 공부하게 만드는 방법을 소개합니다. 이 아이들은 보통 공부가 낯설거나 어려워 놀란 경험이 있습니다. 그것을 단계적으로 풀어 주는 것이 중요합니다. 특히 친한 친구, 자신을 믿어 주는 친구와 함께 하면 효과적입니다. 먼저 좋아하는 과목을 고릅니다. 그다음에는 구체적으로 수업 시간에 배울 범위 안에서 교과서에 나오는 그림을 살펴보게 합니다. 부담 없이 그림을 보면서 궁금한 것을 질문으로 만들어 포스트잇에 쓴 다음 그림에 붙입니다. 그렇게 스스로 만든 자료를 가지고 편하게 대화를 나누는 시간을 갖습니다. 처음부터 질문을 너무 많이 만들려고 욕심내지 않고 2~3개 정도로 시작하는 것이 좋습니다. 예습을 이미지화하는 것인데요. 미리 그림을 보고 질문을 해 보면 실제 수업에도 관심을 갖게 됩니다. 이미 공부해서 아는 것이 수업에 나오기 때문입니다. 수업 시간에는 미리 공부할 때 잘

풀리지 않아 궁금했던 내용에 대한 선생님의 설명을 들으면서 어떤 생각이 드는지 잘 정리해 봅니다. 그 생각을 수업이 끝난 후에 친구나 선생님과 이야기하면 더욱 좋습니다.

다 좋은데 공부만 안 하는 아이

세 번째 이야기

다 좋은데 공부만 안 하는 아이들을 만나면서, 언제부터, 왜, 공부를 포기하고 온종일 멍하니 칠판만 보게 됐는지 궁금해졌습니다. 문제의 원인을 정확하게 진단해야 해결 방법을 찾을 수 있습니다.

점심시간에 산책을 하다가 운동장 벤치에 혼자 앉아 있는 아이에게 다가갔습니다. 점심을 먹었는지 물었습니다. 먹었다고 했습니다. 좋아하는 음식이 무엇인지 물었습니다. 고개를 숙이고 작은 목소리로 김치찌개를 좋아한다고 대답하는 그 애에게 상담할 뜻이 있는지 물었습니다. 무슨 상담을 하는지 되물었습니다. '진로 상담'이라고 하니 좋다고 해서 약속을 잡았습니다.

상담실에 들어오는 세민이를 보니 얼굴 대부분이 안경에 가려질 정도로 작고 몸도 왜소했습니다. 세민이는 좀처럼 마음을 열지 않고 묻는 말에만 작은 소리로 대답을 했습니다. 먼저 어색함을 풀기 위해 한쪽 손에 숨긴 동전을 찾는 놀이를 했습니다. 동전을 찾을 때는 힘을 주어 손을 뒤집게 했습니다. 얼굴이 빨개지도록 힘을 주어 제 손을 뒤집으려 애쓰는 사이, 세민이의 표정이 조금씩 밝아졌습니다. 하얀 이를 드러내며 웃었습니다. 서로 동전을 건네주며 역할을 바꾸어 놀이를 계속하는 사이 세민이도 적극적으로 변했습니다.

몇 가지 몸을 쓰는 활동을 한 다음, 요즘 고민이 무엇인지 물었습니다. '꿈'을 찾는 게 고민이라고 했습니다. '꿈'을 종이에 적고 동그라미를 그린 다음 그 단어에서 느껴지는 것을 책상 위에 놓인 감정 카드에서 찾아보게 했습니다. 세민이가 '심란하다'와 '답답하다'를 집었습니다. 두 느낌 중에 하나만 고른다면 어느 쪽인지 물었습니다. 답답하다고 했습니다.

지금까지 답답하다고 느꼈던 경험을 떠올려 써 보게 했습니다. 중학교 때 친구들 때문에 답답했고, 성적 때문에 고민할 때 답답했고, 언제부턴가 모든 게 귀찮아진 것도 답답하다고 썼습니다.

세민이에게 스스로 쓴 글을 읽어 보게 한 뒤 느낌을 물었습니다. 달라진 것이 없다고 합니다. 오히려 답답한 점이 한 가지 더 생각난다고 하면서, 요즘 잠을 많이 잔다고 했습니다. 자신이 한심하고 미래가 암울하다고 표현했습니다.

답답함을 있는 그대로 받아들이는 감정 치유 상담을 시작했습니다. "나는 비록 게을러서 답답하지만 그럼에도 불구하고 그런 나를 온전히 받아들이고 깊이 사랑합니다."라는 문장을 만든 다음 눈을 감고 세 번 반복해서 외게 했습니다. 그러고 나서 느낌을 물으니 약간은 편안해졌지만 여전히 자신이 정말 한심하다고 했습니다.

세민이는 세상에서 가장 좋아하는 사람으로 아빠를 꼽았습니다. 아빠는 항상 '너 하고 싶은 것을 해라.'라고 격려해 준다고 했습니다.

자신을 가장 방해한 사람으로는 중학교 때 친구들을 꼽았지만 이제
는 다 용서했다고 했습니다.

지금은 꿈이 없다는 세민이의 어릴 적 꿈은 의사였습니다. 중학교
2학년 기말고사 때 친구 때문에 평균 30점이 떨어지고 나서 공부할
의욕을 잃고 남을 의식하게 됐습니다. 한 번의 실패로 주저앉은 후
회복하지 못하고 있었습니다.

정신 분석학자 안나 프로이트의 말에 따르면, 인간에게는 자아와
본능 사이의 갈등을 조절하는 방어 기제가 있다고 합니다. 세민이는
지난 상처와 앞으로 나아가려는 의지 사이의 갈등으로 힘들어하고 있
었습니다. 그 갈등을 게으름과 잠으로 회피하는 것으로 보였습니다.

게으름의 다른 이름은 두려움이며, 그 치료제는 작은 행동
을 계기로 한 발짝 나아가게 하는 것입니다.

세민이에게 좋아하는 과목을 물었습니다. 중학교 때는 수학을 잘
했다고 대답했습니다. 그래서 다른 과목을 미뤄 두더라도 수학만은
다시 공부를 시작해 보자고 말했습니다. 세민이도 수학은 다시 해 보
고 싶다고 대답했습니다. 그렇게 약속을 하면서 상담을 마쳤습니다.

스스로 공부를 하지 못하게 가로막는 원인을 알아보는 방법이
있습니다. 우선, 아침에 5분 정도 시간을 냅니다. 먼저 눈을 감고
공부를 방해하는 것을 세 가지 정도 생각합니다. 생각한 것을 종
이에 각각 적어서 작은 통에 넣습니다. 손을 통에 넣고 한 장의 종
이를 꺼냅니다. 그리고 종이에 쓰인 행동을 계속할 경우 자기에게

일어날 일 세 가지를 말해 봅니다. 공부를 가로막는 대상에 대해 스스로 생각하는 시간을 가져 보면 자신이 두려워하는 것을 인정하고 그것을 넘어서는 용기를 얻게 됩니다.

남들과 다른 꿈을 꾸는 아이

몸이 단단해 보이는 주호가 상담실에 찾아왔습니다. 교실에서 다른 아이들을 많이 괴롭힌다고 들었습니다. 최근에는 친구를 지속적으로 괴롭히고 돈을 빼앗다가 피해 학생 부모로부터 고발을 당해서 학교에서 징계를 받는 중이었습니다.

말을 붙여도 주호는 입술을 꽉 다문 채 그저 고개를 숙이고 있었습니다. 어색해하는 주호와 발목을 붙인 채 걸어도 보고, 손바닥 밑에 동전을 숨기고 어느 손에 동전이 있는지 맞혀 보는 활동도 했습니다. 주호의 동작에 조금씩 힘이 들어가면서 긴장했던 표정이 밝아지고 입가에는 미소가 돌기 시작하였습니다.

"너는 성공이 보장된다면 무슨 일을 하고 싶으니?"

주호에게 묻자, 문신을 새기는 타투이스트가 되고 싶다는 대답이 돌아왔습니다. 문신을 보면 멋있게 느껴진다고 했습니다. 남들은 문신을 보면 무섭다 생각하고 피하는데 자신은 문신이 예술이라고 생각한다고 했습니다. 초등학교 6학년 때 동네 목욕탕에서 문신을 한 어른을 보고 정말 아름답다고 생각했다고 합니다. 알고 지내는 동네

형이 타투이스트 연습생이라고 자랑스럽게 이야기하기도 했습니다. 그러고는 왼쪽 어깨에 새긴 도깨비 문신을 보여 주었습니다. 한편으로는 요리사도 되고 싶고 권투 선수도 되고 싶다고 했습니다.

세 가지 중에 가장 되고 싶은 걸 고르는 시간을 가졌습니다. 의외로 가장 되고 싶은 건 권투 선수라고 했습니다. 권투 선수를 생각하면 가슴이 두근거리고, 여자 친구를 처음 만났을 때와 같은 느낌이라며 심각한 표정으로 말했습니다. 한참 후에는 묻지도 않았는데 자신에게 가장 소중한 사람은 엄마라고 말했습니다. 자신 때문에 너무나 힘들어하는 엄마에게 항상 미안하다고 했습니다.

지금까지 살면서 가장 듣기 좋았던 칭찬과 기분 좋았던 순간을 이야기해 보았습니다. 주호는 키가 많이 컸다는 칭찬이 가장 좋다고 합니다. 체육 선생님이 축구 잘한다고 했을 때 정말 기분이 좋았다고 합니다. 태권도 2단 자격증 받았을 때, 친구들이 노래 잘한다고 했을 때 등의 경험도 이야기했습니다. 어느새 주호의 기분이 좋아진 것처럼 보였습니다.

이어서 반대되는 순간을 이야기하였습니다. 슬픈 적이 언제였는지 묻자 태권도 하다가 다쳤을 때라고 했습니다. 그 후로 운동을 하지 않았다고 합니다. 그런데 정말 슬픈 것은 일곱 살 때 엄마와 아빠가 이혼한 것이라고 합니다. 그때를 생각하면 지금도 무섭다고 합니다. 그리고 어깨에 있는 도깨비 문신은 자신을 보호해 주는 수호신이라며 다시 어깨 문신을 보여 주었습니다.

주호에게 두려움에 떠는 일곱 살의 어린 주호와 만나는 시간을 갖게 했습니다. 주호는 완강하게 거부하며 힘들어했습니다. 저는 주호가 당시 상황을 떠올리며 과거를 그대로 받아들이도록 도와주었습니다.

주호는 자신에 대해 터놓고 이야기하는 게 처음이라고 했습니다. 항상 불안했는데, 막상 터놓고 이야기하니 시원하다고 했습니다.

심리학에 '중간 공간'이라는 용어가 있습니다. 내면에서 생겨난 문제들을 소화하고 해결하는 곳으로, 새로운 세계로 나아가기 위해 정신적·육체적으로 필요한 공간입니다.

내면에서 올라오는 감정을 곧바로 행동으로 표현하면서 많은 갈등이 일어납니다. 특히 청소년 시절에는 욱하고 치밀어 오르는 감정을 여과 없이 표현해서 문제를 일으키는 경우가 많습니다. 감정 표현을 제대로 훈련하지 못한 채로 사회에 나가면 누구도 감당하지 못하는 문제를 일으킬 수 있습니다. 그래서 학교나 학원 등 아이들이 머무는 곳은 아이들을 이해해 주고 그 감정을 걸러 주는 중간 공간이 되어야 합니다. 아이들이 과격한 감정 표현을 반복하지 않도록 도와주는 안정감 있는 장소가 되어야 합니다. 주호처럼 심하게 성장통을 겪는 아이들을 만나면, 혼을 내기보다는 이야기를 들어 주고 함께 놀아 주어야 합니다. '충고'하거나 '탐색'하거나 '추측'하거나 '해석'하는 대신에, '공감'을 해 줘야 합니다. 이해를 받게 된 아이들은 남 탓으로 돌리던 잘못된 행동을 고치고 스스로를 돌아볼 수 있는 여유를 갖게 됩니다.

마음의 벽을 넘어서는 방법

중학교 2학년 보경이는 꿈이 많은 아이입니다. 꿈을 물어보았을 때 기다렸다는 듯이 간호사, 가수, 스튜어디스, 메이크업 아티스트 등 열 가지도 넘게 말하며 환하게 웃던 아이입니다. 아이들 얼굴이 후광을 입은 듯 밝게 빛날 때가 있는데, 바로 자신이 하고 싶은 것에 대해 말할 때입니다. 그런데 보경이가 요즘 말이 없어졌습니다. 등교 정지 때문입니다. 낮은 학년 아이들의 돈을 습관적으로 빼앗은 일이 알려져서 일정 기간 학교에 다니지 못하게 되었습니다.

보경이는 키도 크고 용모도 아주 단정한 아이입니다. 담임 선생님과 함께 상담실에 들어올 때도 표정이 밝고 활기차 보였습니다. 상담실을 찾은 아이들은 보통 긴장해서 눈치를 보거나 뚱한 표정을 짓는데 보경이는 어색해하지 않고 자연스럽게 행동했습니다.

담임 선생님이 나가고 나서 보경이에게 지금 가장 해결하고 싶은 일이 무엇인지 물었습니다. 신체적인 것이든 정신적인 것이든 어떤 것도 좋으니 종이에 써 보라고 했습니다. 보경이가 볼펜을 잡고 조금 생각하더니 시원스럽게 써 내려갔습니다. 쓴 것을 소리 내어 읽어 보도록 했더니 보경이는 머뭇거리지 않고 가족 관계, 공부 잘하는 것, 집중 잘하는 것, 노래 잘 부르는 것이라고 했습니다. 다시 한번 읽은 다음 지금 당장 해결됐으면 하는 것에 동그라미를 그려 보기로 했습니다. 보경이는 가족 관계를 선택했습니다.

가족 관계를 생각하면 어떤 느낌이 드는지 다시 물었습니다. 복잡하고 답답하다고 말했습니다. 그 말과 동시에 밝았던 표정이 어디론가 사라지고 얼굴에 그늘이 짙어졌습니다. 마음이 복잡한 정도를 수치로 표현해 보았습니다. 0은 평화로운 상태이며 10은 가장 심한 상태라고 말해 줬더니 보경이는 9 정도라고 했습니다.

보경이에게는 말하기 어려운 사연이 있었습니다. 어렵사리 꺼낸 이야기를 듣고 어린 보경이가 감당하기에는 정말 힘이 들었겠다는 생각에 마음이 아팠습니다. 보경이는 초등학교 5학년 때 아빠가 둘인 것을 알았고, 지금은 엄마라고 부르는 고모와 살고 있다고 합니다. 자신이 어렸을 때 부모님이 이혼했는데, 그 생각만 하면 아무 생각 없이 멍해지고 계속 눈물이 난다고 했습니다. 때로는 아빠가 원망스럽지만 불쌍하다고도 했습니다. 너무 복잡해서 자기 마음을 잘 모르겠다고 했습니다.

요즘 엄마와도 사이가 안 좋아졌다고 합니다. 보경이가 놀다가 조금 늦게 집에 들어갔는데 엄마가 심하게 혼을 내서 "내 엄마도 아닌데 왜 그렇게 신경 쓰고 화를 내?" 하고 소리를 질렀다고 합니다. 그후로 서로 말을 안 하고 있다고 합니다.

보경이에게 자신의 감정을 있는 그대로 받아들이는 문장을 만들게 했습니다. "나는 비록 가족 관계로 복잡하고 답답하지만, 그럼에도 그런 나를 진심으로 사랑합니다." 눈을 감고 이 문장을 여러 번 반복해서 말한 후에 보경이는 슬프면서도 답답했던 마음이 풀리는 느낌이라고 했습니다. 그동안 자신은 주변에 짐만 되고 사람들이 안 좋게만 보는 줄 알고 스스로를 미워했는데, 상담을 받고 나니 스스로에게 너무 막 대했던 것 같아 미안하다고 했습니다. 앞으로 자신을 더 사랑해 주고 싶다는 생각이 든다며 표정이 환해졌습니다.

가정불화 때문에 힘들어하는 아이들이 점점 많아지고 있습니다. 그들은 대부분 불안한 환경을 원망하면서 스스로를 비하하고 과소평가합니다. 이런 생각들은 아이들이 넘어설 수 없는 두려움과 불안이라는 마음의 벽을 만들게 하지요. 마음의 벽을 넘어서는 효과적인 방법은 묻혀 있던 자신의 꿈을 찾아 주는 것입니다. 재미있을 것 같은 일, 하고 싶은 일들에 대한 느낌을 몸에 '장착'해 주면 아이들은 자동적으로 꿈에 반응합니다. 그 꿈이 삶의 나침반 역할을 하게 되는데, 그것을 우리는 '비전'이라고 부릅니다. 비전을 갖게 된 아이들은 지금까지 불안해하고 원망했던 가정 환경을 다르게 바라볼 수 있게 됩니다.

자신 안에 묻혀 있는 꿈이 궁금하다면 정말 재미있을 것 같은 일 열 가지를 아주 빨리 써 봅니다. 그리고 그중 한 가지를 당장 실천해 보기 바랍니다. 혹시 자꾸 부정적인 생각이 들면 편한 운동화

를 신고 가벼운 걷기 운동을 하면서 스스로를 변호하는 시간을 가
져 보기 바랍니다.

완벽하지 않아도 괜찮아

재인이가 단정한 교복 차림으로 상담실을 찾아왔습니다. 얼굴만 보면 붉은 여드름이 듬성듬성 난 것이 아직 소년 티를 못 벗었지만, 키가 아주 큰 데다 인사를 나눠 보니 목소리가 낮고 굵은 게 어른스럽고 믿음직스러웠습니다.

재인이는 진로 때문에 전학을 고민하고 있었습니다. 더 이상 인문계 고등학교를 다니는 것이 의미가 없다고 합니다. 학교에서 온종일 잠만 자다가 집에 간다고 합니다. 처음에는 졸지 않고 수업을 들으려 애썼지만 지금은 계속 잠만 자게 되었다고 합니다. 직업 교육을 받는 곳으로 전학을 가고 싶다고 했습니다.

상담실 의자에 앉아 어색해하는 재인이에게 손을 내밀고 팔씨름을 제안했습니다. 재인이는 팔심이 약하다고 엄살을 부리면서도 손을 잡자마자 강하게 힘을 주었습니다. 손이 두툼해 돈복이 많겠다고 농담을 건넸습니다. 첫 번째 판은 제가 이겼습니다. 재인이는 두 번째 판을 이기려고 얼굴이 붉어지도록 힘을 주었습니다. 재인이가 힘주는 소리와 웃음소리가 뒤섞여 마치 짐승이 울부짖는 것처럼 들렸습니다. 이어서 한쪽이 "꽝." 하고 말하면 상대가 "꽈광." 하고 대답하고, "꽈광." 하고 말하면 "꽝."으로 대답해야 하는 말 받아치기 놀이를 했습니다. 그리고 나서 기분이 어떤지 물었습니다. 신나고 재미있다고 했습니다.

재인이에게 원하는 게 무엇인지 물었습니다. 미용 일을 배우고 싶다고 했습니다. '미용'이라고 종이에 쓴 다음 그 단어를 보면 어떤 느낌이 드는지 물었습니다. 답을 하지 못하는 재인이에게 감정 카드를 건네주었습니다. 감정 카드를 보던 재인이는 편안하고 자신 있다고 했습니다. 지금까지 언제 편안하고 자신 있었는지 물었습니다. 교회에 갔을 때 제일 편안했다고 합니다. 친구나 가족과 같이 있을 때도 편안하다고 했습니다. 반대로 두렵고 불안했던 경험에 대해서 이야기를 나누었습니다. 어릴 때 수술받은 적이 있는데 수술실에 들어가기 바로 전에 두려웠다고 했습니다. 그리고 진로를 선택하는 게 두렵다고 했습니다. '내가 잘할 수 있을까? 나에게 맞는 일일까?' 하는 두려움이 있다고 했습니다.

지금껏 가장 크게 도움을 받은 사람이 누구인지 물었습니다. 중학교 선생님과 전도사님이라고 했습니다. 선생님은 고등학교를 선택할 때 냉정하게 현실을 알려 주면서도 잘할 수 있을 거라고 따뜻하게 격려해 주었다고 합니다. 전도사님은 재인이가 교회에 처음 갔을 때 잘 챙겨 주고 기도해 주어서 감사하다고 했습니다. 그처럼 누군가 잘하고 있다고 칭찬해 주고 자신을 믿는다고 말해 주면 신이 난다고 했습니다.

재인이는 중학교에 다닐 때는 성적이 나쁘지 않았다고 합니다. 그런데 고등학교에 들어와서는 '왜 공부를 해야 하지? 나한테 정말 필요할까?' 하는 생각 때문에 공부를 안 하게 됐다고 나름대로 공부를 포기한 이유를 말했습니다.

공부를 안 하면서도 탈선하지 않은 이유를 물었습니다. 탈선을 하면 부모님이 속상해할 것 같아서 그랬다고 합니다. 나쁜 짓을 하면 안 된다고 배웠고 자신도 그렇게 생각했기 때문에 나쁜 길로 빠지지 않은 것 같다고 당당하게 말했습니다.

의젓하게 대답하는 재인이를 칭찬해 주었습니다. 그러고는 해 보고 싶은 일을 물었습니다. 공부를 해서 대학에 가고 싶다고 했습니다. 대학을 졸업하면 헤어 디자이너가 되고 싶다고 했습니다. 그렇다면 완벽하지 않아도 좋으니 공부를 조금씩 해 보는 게 어떻겠느냐고 권했습니다. 재인이는 오늘부터 한번 해 보겠다고 다짐했습니다.

학교에서는 안타깝게도 공부를 못하는 아이가 모든 것을 못하는 아이로 규정되는 일이 많습니다. 특히 고등학교에서는 그 정도가 심합니다. 3년 동안 그러한 환경에서 짓눌려 지내면 성인이 돼서도 자신감을 회복하기가 쉽지 않습니다. 따라서 중·고등학교 시절에 아이들 스스로 다양한 능력을 발견할 수 있는 기회를 만들어 주어야 합니다. 그러려면 먼저 무엇을 시도하든 완벽하게 해내지 않아도 괜찮다는 마음이 전제되어야 합니다.

게임 중독

친하게 지내던 선생님에게 전화가 왔습니다. 학교에 오면 거의 말을 하지 않는 아이의 상담을 부탁했습니다. 부모님과의 관계가 원만하지 않은 것 같다고 하면서, 무슨 말을 해도 무표정한 얼굴이어서 어떻게 해야 할지 모르겠다고 하소연했습니다.

교장실에 들어오는 고등학교 1학년 무성이는 키가 컸습니다. 소파에 앉아 바닥을 바라보는 무성이에게 커피를 권했더니 안 마신다고 대답했습니다. 초코파이도 사양했습니다. 저는 소파에서 원형 탁자로 자리를 옮기고 슬그머니 팔을 내밀며 팔씨름을 하자고 했습니다. 뜻밖의 제안에 놀라는 눈치였지만 무성이는 자기는 팔심이 없다고 하면서도 손에 힘을 꾹 주면서 저를 이기려 들었습니다. 아이 표정이 조금 바뀌는 것을 보고 왼손으로 한 번 더 하자고 제안했습니다. 손을 펴고 손바닥을 찌르는 상대의 집게손가락을 잡는 놀이도 했습니다. 무성이는 놀이를 하면서 마음이 편해졌는지 자신은 어릴 때부터 힘이 약하고 소심해서 자신감이 없었다고 지나가듯 말했습니다.

무성이에게 원하는 것이 무엇인지 물었습니다. 프로 게이머가 되고 싶다고 했습니다. '프로 게이머' 하면 어떤 느낌이 드는지 물었습니다. 걱정된다고 했습니다. 지금까지 살면서 걱정되었던 것들에 대해서 이야기를 나눴습니다. 무성이는 예전부터 남들보다 자신감이 부족해서 항상 혼자였다고 합니다. 다른 사람 눈에 띄는 것을 싫어해서 뒤로 물러나 있거나 숨어 지냈다고 합니다. 가끔은 높은 곳에서 떨어지는 기분이 든다고 했습니다. 그런데 게임을 할 때에는 승부욕이 생기고, 게임을 이겨서 친구들에게 인정받고 칭찬을 들으면 뿌듯하다고 했습니다. 그래서 언제부터인가 공부는 안 하고 게임만 하면서 지냈다고 합니다. 지금은 공부하라고 다그치는 부모님과 갈등을 겪고 있다고 합니다.

가장 걱정되고 고치고 싶은 자신의 과거를 놓고 감정을 조절하는 연습을 했습니다. 먼저 "나는 비록 자신감이 떨어져서 위축되지만 그럼에도 불구하고 그런 나를 온전히 마음속 깊이 사랑합니다."라는 문장을 만들어서 눈을 감고 반복해서 외도록 했습니다. 그런 다음 계속해서 자신감 없는 채로 살면 어떻게 될 것 같은지 물었습니다. 행복하지 않을 것 같다고 했습니다.

무성이는 당장 프로 게임단에 들어가고 싶은 마음도 있지만, 우선은 고등학교를 졸업하겠다는 계획을 세워 놓고 있었습니다. 못마땅해하는 주변의 시선과 미래에 대한 불안으로 가끔 머리 아플 때도 있지만, 게임을 열심히 해서 유명한 선수가 되고 싶다고 했습니다. 무성이는 현재 꿈의 반 정도는 이룬 것 같다고 했습니다. 프로 게이머가 되면 매일 걱정했던 부모님에게 먼저 알려 주고 싶다고 했습니다.

군대에 다녀와서는 코치로 활동하고 싶다고 말했습니다.

무성이가 나름대로 세워 놓은 계획을 들으면서 '게임 중독이 아닐까?' 하는 걱정은 사라졌습니다. 무성이는 그저 춤을 좋아하는 아이, 드럼 연주를 좋아하는 아이처럼 남들은 흔히 따르지 않는 게임이라는 분야를 좋아하는 아이일 뿐입니다.

프로 게이머가 되기 위해 해야 할 일이 무엇인지 무성이에게 물었습니다. 게임을 오래 하기 위해서는 체력을 길러야 한다고 답했습니다. 저는 운동이 자신감을 회복하는 데도 도움이 된다고 말해 주었습니다. 자전거 타기 등의 운동을 규칙적으로 해 나갈 것을 약속하면서 상담을 마쳤습니다.

변화된 나 만나기

용수는 체구는 작지만 아주 단단해 보였습니다. 어렸을 때 태권도를 시작해서 전국 대회에서 우승까지 했지만 중학교 3학년 때 연습을 하다가 발목을 다쳐서 태권도를 그만두었다고 합니다. 어머니는 집안의 희망이었던 아이가 점점 말수가 줄고 무엇을 해야 할지 몰라서 막막해하는 모습을 보며 많이 걱정했다고 합니다.

상담실에 오면서 어떤 생각이 들었는지 용수에게 물었습니다. 용수는 약간 걱정이 되었다고 말하면서 어색해했습니다. 용수에게 작은 인형을 주면서 이름을 지어 보라고 했습니다. 연예인 이름을 말했습니다. 이유를 물었더니 앞으로 그 연예인처럼 유명한 배우가 되고 싶다고 했습니다.

배우가 되고 싶은 이유를 물었더니 태권도를 시작한 이유를 먼저 말했습니다. 용수는 남들이 태권도를 하는 모습이 멋져서 자신도 시작하게 되었다고 했습니다. 즐겁게 열심히 했고 대회에 나가서 상을 받으면 정말 기뻤다고 합니다. 그런데 발목을 다쳐서 운동을 그만둔 후에는 할 수 있는 게 아무것도 없었다고 합니다. 공부를 하고 싶어도 습관이 안 되어 수업에 집중하기 어려웠고, 결국 엎드려 잠만 잤다고 합니다. 그렇게 매일 잠만 자다가 어느 날 문득 이렇게 생활하면 안 되겠다는 생각이 들었고, 막연하지만 연기자가 되고 싶어서 곧바로 연기 학원에 등록까지 했다고 합니다. 스스로 선택한 일이라서 그런지 재미있고, 태권도를 배울 때 힘들고 지루했던 것과 다르게 연기를 배우는 게 편하고 좋다고 했습니다. 자기가 하고 싶은 일을 찾았으니까 연기를 배울 수 있는 학교에 가면 지각이나 결석을 하지 않고 잘 다닐 수 있을 것 같다고 했습니다.

용수는 새로운 길을 찾았지만 아직 불안해하고 있었습니다. 용수는 '나는 운동 외에 다른 것을 할 수 없어.'라는 부정적인 감정에 맞서 힘든 싸움을 하고 있었습니다. 이런 아이에게는 스스로를 믿고 끝까지 도전할 수 있도록 주변의 격려가 필요합니다.

우리 주변에는 공부 말고 다른 분야에 재능이 있는 아이들이 참 많습니다. 그 아이들이 좋아하고 잘하는 것에 꾸준히 도전하여 싱그러운 열매를 맺도록 관심을 가지고 지지해 주면 어떨까요.

새로운 출발을 꿈꾸는 아이들

　일반계 고등학교에는 해마다 많은 아이들이 전학을 오고 또 전학을 갑니다. 자퇴하는 아이들도 적지 않습니다. 요즘 일반계 고등학교의 엄연한 현실입니다. 물론 아이의 교육 환경을 바꾸어 주려는 목적에서 전학을 권하는 경우도 있습니다. 하지만 문제성 전학이 대부분입니다. 학교 폭력, 흡연 등의 문제가 발생하면 조건부 퇴학을 전제로 전학을 권합니다.

　전학생이 오면 얼마 되지 않아서 학급 분위기가 뒤숭숭해지는 경우가 많습니다. 아이들에 대한 선생님의 장악력이 부족하거나 전학생의 말투가 공격 성향을 띠면 상황은 아주 복잡해집니다.

　전학생 때문에 학급 전체가 긴장을 하고 속수무책인 상황을 보면 마음이 참 불편합니다. 교직에 대한 회의감을 느끼며 아이들 지도를 포기하는 선생님도 있습니다. 평범한 아이들의 피해도 상상 이상입니다. 문제를 일으키는 몇몇 아이들 때문에 마치 모든 전학생이 문제아로 보이는 착시 현상도 일어납니다.

　전학생 문제를 자주 접하면서, 이대로는 안 되겠다는 생각이 들었습니다. 분명히 해결할 방법이 있을 거라고 믿었습니다. 그래서 전학 온 아이들을 자세히 관찰하기 시작했습니다. 어떻게 해야 그 아이들에게 '새로운 출발'을 만들어 줄 수 있을지 고민했습니다.

관찰한 바에 따르면, 전학 온 아이로 인한 문제는 대개 색안경을 쓰고 그 아이를 바라보는 시선에서 시작합니다. 보통 전학생이 오면 교장과 면담을 하게 됩니다. 그때 담당자가 교장에게 전달한 생활 기록부에는 무단 결석, 지각 등 전학 사유가 적혀 있는 경우가 많습니다. 아이와 부모님은 마치 죄인처럼 교장실로 들어올 수밖에 없습니다.

제가 아이들에게 새로운 출발을 만들어 주기 위해 생각해 낸 방법은 이렇습니다. 전학 온 아이와 부모가 교장실에 처음 들어설 때, 밝은 목소리로 인사하며 제 곁에 앉게 합니다. 생활 기록부는 보지 않고, 학교에 들어오면서 받은 인상을 먼저 물어봅니다. 제가 일하는 학교에는 인조 잔디 구장이 있는데, 첫 인상이 좋은 모양인지 전학생들이 운동장 이야기를 많이 합니다.

그처럼 가벼운 이야기로 말문을 열면 긴장했던 아이와 부모님의 표정이 밝아집니다. 그러면 부모님에게 아이가 언제 가장 예뻤는지, 어릴 때 가장 잘했던 것이 무엇인지 물어봅니다. 어린 시절 잘했던 것들을 이야기하다 보면 아이들의 태도가 달라집니다. 부모님도 이 학교에 자기 아이를 안심하고 맡겨도 되겠다는 생각을 한다는 느낌이 저에게 전달될 때가 많습니다. 짧은 면담 시간이지만 무단 결석 등 전에 다니던 학교에서 있었던 일을 묻지 않는 것만으로도 아이들은 마음을 엽니다.

전학생과 첫 면담을 마치기 전에 저는 꼭 이렇게 말합니다.

"전학이 네가 새롭게 탄생하는 계기가 되었으면 좋겠다. 새롭게 탄생하기 위해서는 너 자신을 되돌아보는 시간이 있어야 한다. 습관은 참 무서운 것이다. 그것으로부터 이제 벗어나 보자."

그리고 과제를 내줍니다. 자신의 과거와 현재와 미래에 대해서 써 오라고 합니다. 단, 전에 다녔던 초등학교나 중학교에 가서 자신과의 데이트를 한 다음에 쓰라고 합니다. 자신과의 데이트는 혼자 있는 시간을 뜻합니다. 자신이 가고 싶은 곳, 해야 할 일을 의도적으로 생각하고 그것을 혼자 실천해 보는 시간을 갖는 것입니다. 이때 꼭 지켜야 할 것은 최소 2시간 이상을 확보하여 온전히 자신만의 시간을 가져 보는 것입니다. 이 시간은 그동안 해 온 생각과 전혀 다른 생각을 떠올리는 데 도움이 됩니다.

성공이 보장된다면 하고 싶은 일

　고등학교 진학 후 진로를 정하지 못해 고민하는 아이를 만났습니다. 무엇을 해야 할지 모르겠다고 합니다. 그래서인지 요즘 공부도 잘 안 되고 멍하니 있는 시간이 많아졌다며 스스로 상담실을 찾았습니다.

　마른 체구에 키가 껑충한 현종이는 어색하고 긴장한 모습이었습니다. 현종이에게 스스로 찾아온 게 고맙다는 인사를 건네면서 손을 내밀었습니다. "상담실에 오면 제일 먼저 해야 할 일이 팔씨름이다."라고 말하며 손을 잡았습니다. 팔씨름을 하자고 말하면 대부분의 아이들이 팔에 힘이 없다고 엄살을 부립니다. 현종이 역시 엄살을 부리면서도 팔에 힘을 주었지만 오른손과 왼손 모두 제가 이겼습니다. 이어서 책상 옆 공간에서 장애물 통과하기 활동을 했습니다. 한 사람이 안대를 하면, 다른 사람이 장애물을 피해서 움직이도록 안내하는 놀이입니다. 역할을 바꾸어 가며 했습니다. 현종이가 재미있어했습니다.

　자리에 앉아서 하고 싶은 이야기가 무엇인지 종이에 써 보게 했습니다. 현종이는 "진로를 아직 정하지 못했다."라고 썼습니다. 현종이가 쓴 문장을 둘이서 여러 번 반복해 읽었습니다. 그런 다음 느낌을 쓰라고 했습니다. 현종이는 "불안하고 공허하다."라고 썼습니다. 그 마저도 노트 한구석에 무슨 글씨인지 몰라볼 정도로 작게 썼습니다.

지금까지 살면서 불안하고 공허했던 순간을 떠올리는 시간을 가졌습니다. 중학교 때 엄마가 진로 이야기할 때 불안했다고 합니다. 고등학교에 진학해서 성적이 떨어지면서 정말 커서 무엇을 해야 할지 걱정이 많이 됐다고도 했습니다.

또 공부를 하고 싶은데 집중이 안 된다고 했습니다. 미래가 막막하다고 했습니다. 친구를 잘못 만나서 이렇게 된 것 같다고도 했습니다. 불안한 감정을 문장으로 만들었습니다. "나는 비록 공부를 안 해서 불안하지만 그럼에도 불구하고 그런 나를 온전히 받아들이고 깊이 사랑합니다." 이 문장을 눈을 감고 다섯 번 반복해서 말하게 했습니다. 그런 다음 기분이 어떤지 묻자, 편안하고 여러 가지 생각들이 떠오른다고 말했습니다. 성적이 떨어져 엄마에게 혼났던 일, 엄마가 남의 집 아들과 비교해서 속상했던 일 등이 스쳐 지나갔다고 했습니다. 마음으로는 정말 자신도 잘하고 싶다고 했습니다. 현종이는 평소에 자신을 잘 이해해 주는 할아버지는 좋아하지만, 아버지는 좋아하면서도 대하기 힘든 대상이라고 했습니다. 아버지가 본인의 생각을 자신에게 강요하기 때문이라고 말했습니다.

현종이에게 마지막으로 성공이 보장된다면 무엇을 하고 싶은지 물었습니다. 선생님이 되고 싶다고 했습니다. 선생님이 되면 누가 가장 좋아할 것 같은지 물었습니다. 엄마라고 했습니다. 선생님이 되기 위해 당장 해야 할 일이 있다면 무엇인지 물었습니다. 공부, 특히 수학 공부를 해야 한다고 했습니다. 수학이 최소 2등급은 돼야 자신이 원하는 대학에 갈 수 있다며 수학 공부를 당장 시작하겠다고 했습니다. 상담을 마치면서 느낌을 묻는 질문에 '인생의 큰 전환점이 될 것 같다.'라고 말해서 대견했습니다.

파스칼은 『팡세』에서 "일생에서 가장 중요한 것은 직업을 선택하는 일이며, 이를 좌우하는 것은 우연"이라고 했습니다. 불안은 자신이 좋아하는 것을 잃어버릴까 봐 걱정하는 마음입니다. 아이들이 불안의 파도에서 좋은 우연을 볼 수 있는 눈을 갖게 해야 합니다. 좋은 우연을 볼 수 있으려면 우선 몸과 마음이 편안한 상태가 되어야 합니다. 그리고 자신을 소중히 여기는 습관을 갖는 것이 좋습니다. 더 적극적인 방법으로는 마음이 흔들릴 때마다 도움이 될 수 있는 문장을 찾아서 자신의 목소리로 녹음을 하고, 그 목소리를 집 밖으로 나가서 들어 보는 것이 있습니다. 자신의 목소리로 듣는 명언은 마음을 편안하게 하고 좋은 기분을 유지하는 데 도움이 됩니다.

좌절과 성장

공부를 잘하는 아이를 만났습니다. 사실 인권이가 그렇게 공부를
잘하는지는 상담하면서 알게 됐습니다. 평소 얌전하고 말수가 적어
서 착한 아이로만 알고 있었습니다. 그런 인권이가 수능을 마친 선배
들을 보고 걱정이 됐는지 상담을 신청했습니다.

작은 키에 차분해 보이는 인권이가 큰 목소리로 인사하며 상담실
에 들어섰습니다. 저는 인권이에게 먼저 요즘 반 분위기를 물었습니
다. 공부를 하려는 아이들이 늘어난 것 같다고 합니다. 학교에서 한
과목이라도 25점 이상 올라가는 학생에게 매점 이용권을 준다고 해
서 상위권 아이들이 하위권 아이들에게 공부를 가르쳐 주고 있다고
합니다. 그렇게 해서 하위권 아이들의 성적이 오르면 매점 이용권을
같이 쓰기로 했다고 합니다. "아! 그래, 아주 바람직하네."라면서 함
께 웃었습니다.

인권이에게 팔씨름을 하자고 제안했습니다. 인권이도 여느 아이
들처럼 팔에 힘이 없다고 했습니다. 교장실을 찾은 대부분의 아이들
이 비슷하게 반응하는 걸 보니 어른에 대한 예의 차원에서 아이들이

힘이 없다고 엄살을 부리는 게 아닌가 싶기도 합니다. 역시나, 인권이의 손을 잡아 보니 엄청 힘이 셌습니다. 그래도 제가 오른손과 왼손 모두 이겼습니다. 이어서 동물 흉내로 가위바위보를 하는 곰·연어·모기 활동을 했습니다. 활동을 하면서 마음이 편해졌는지 인권이는 안경 너머로 나를 힐끔힐끔 쳐다보던 걸 멈추고 환하게 웃기도 했습니다. 상담실에 들어오기 전과 지금의 기분이 어떻게 다른지 물었습니다. '처음에는 긴장하고 어색했는데, 지금은 편안한 것이 신기하다.'라고 했습니다. 놀이는 아이들에게 영혼의 휴식 같은 것입니다.

이어서 정말 해결하고 싶은 게 있다면 무엇이냐고 물었습니다. '원하는 대학에 갈 수 있는 성적'과 '키'라고 했습니다. 두 가지를 종이에 쓴 다음 느낌을 적어 보라고 했습니다. 키에 대해서는 열등감을 느끼고 성적에 대해서는 불안하고 답답하다고 적었습니다. 열등감에 대해 이야기를 나눴습니다. 초등학교 5학년 때 키 때문에 놀이기구를 타지 못하고 기다렸을 때, 그리고 중학교 때 농구 대회에 참가하지 못했을 때 많이 위축되어서 힘들었다고 합니다. 하지만 중학생 때 초등학생으로 속이고 할인을 받았을 때는 좋았다고 합니다. 자신이 한 이야기를 종이에 적고 나서 기분이 어떤지 물었습니다. 다시 보니 덤덤하다고 했습니다.

불안에 대해서도 이야기했습니다. 중학교에 올라가서 처음 본 수학 시험에서 30점을 받아서 충격이 컸다고 합니다. 공부한 것에 비해 성적이 안 나와서 힘들었다고 합니다. 그렇지만 꾸준히 공부해서 2학년 때는 70점을, 3학년 때는 90점을 넘었다며 자랑을 했습니다.

떨어진 성적으로 힘들어할 때 가장 큰 도움을 준 사람이 엄마라고 했습니다. 자신의 마음을 잘 헤아려 주어서 지금 생각해도 정말 고맙다고 했습니다. 초등학교 6학년 때 담임 선생님도 힘들 때 극복할 수 있는 방법을 알려 주고 이야기를 잘 들어 주어서 고맙다고 했습니다. 지금도 가끔 함께 영화를 볼 정도로 친하다고 했습니다.

인권이의 꿈은 통계학자입니다. 통계청에 들어가고 싶다고 합니다. 자신의 꿈을 이루기 위해 기말고사에서 전교 5등 안에 들겠다는 다짐도 했습니다. 오늘 속 시원히 말해서 잠도 잘 올 것 같다는 얘기를 하면서 상담을 마쳤습니다.

열등감을 극복하는 아주 간단하면서도 강력한 방법을 소개합니다. 노트를 들고 조용한 공원이나 카페에 갑니다. 노트에 먼저 큰 원을 그립니다. 그 원을 4조각 혹은 6조각으로 나눕니다. 각 칸에 스스로 치명적이라고 생각하는 열등감을 적습니다. 깊게 생각하지 않고 떠오르는 대로 적어야 합니다. 키가 작은 것, 말을 잘 못하는 것, 남과 비교하는 것 등 자신만의 열등감에 각각 10점 만점으로 하여 점수를 기록합니다. 그런 다음 가장 점수가 높은 것을 가지고 생각해 봅니다. 해당 열등감을 극복하지 못했을 때 겪어야할 대가와 지금 그것을 극복하기 위해 할 수 있는 방법 한 가지를 정하고 당장 그 주에 실천해 봅니다.

오븐 속 반죽이 빵이 되려면

마른 체격에 키가 큰 현수가 두꺼운 외투를 입고 상담실을 찾았습니다. 먼저 현수와 '함께 일어서기'를 했습니다. 두 손을 잡고 서로 발끝을 붙이고 엉덩이를 바닥에 댔다가 동시에 일어서는 활동입니다. 어색하게 손을 잡고 앉았다가 일어서려는데 제가 엉덩이를 떼기도 전에 현수가 혼자 벌떡 일어서 버렸습니다. 두 사람이 같이 일어서야 성공하는 것이라고 말했더니 현수가 어색하게 웃으며 다시 앉았습니다. 두 번째는 현수가 제 손을 힘 있게 잡고 끌어당겨서 함께 일어서는 데 성공했습니다. 제가 고맙다고 했습니다. 흰 이를 드러내며 해맑게 웃는 현수의 표정을 보니 '사람은 다른 사람을 도와줄 때 가장 아름답다.'라는 말이 생각났습니다.

현수에게 요즘 해결하고 싶은 일이 무엇인지 물었습니다. 진로라고 했습니다. '진로' 하면 떠오르는 느낌을 쓰게 했습니다. "겁나고, 걱정되고, 긴장된다."라고 썼습니다. 그중에 하나만 고르라고 했더니, 걱정된다고 말했습니다.

걱정에 대한 이야기를 나눴습니다. 항상 놀다가 다칠까 봐 걱정이 된다고 합니다. 중요한 약속에 친구가 안 오면 어떡하지 하는 걱정도 자주 한다고 했습니다. 특히 시험을 못 볼까 봐 걱정된다고 했습니다. 중학교 1학년 때 답을 밀려 써서 시험을 망친 적이 있다고 했습니다.

걱정이 많은 현수를 위한 문장을 만들었습니다. "나는 비록 진로 때문에 걱정하지만, 그럼에도 불구하고 그런 나를 온전히 받아들이고 깊이 사랑합니다." 눈을 감고 이 문장을 다섯 번 반복하도록 했더니, 현수가 마음이 편해지고 자신을 되돌아보는 계기가 됐다고 했습니다. 신기하게도 걱정하는 마음들이 사라졌다고도 했습니다.

현수는 가장 좋아하는 사람으로 중학교 때 체육 선생님을 꼽았습니다. 다음으로 어머니와 아버지가 좋으며, 집에 동생이 둘 있는데 간혹 싸우지만 대체로 잘 지낸다고 했습니다.

현수는 스포츠 분야의 일을 하고 싶다고 합니다. 꿈을 이루었을 때 누가 가장 좋아할 것 같으냐고 묻자, 부모님이 가장 좋아할 것 같다고 했습니다. 현수는 직업을 통해 인정받고, 아는 사람이 많아졌으면 좋겠다는 바람을 얘기했습니다.

꿈을 이루기 위한 방법에 대해 좀 더 구체적인 이야기를 나누었습니다. 현수는 체육학과에 진학하겠다고 했습니다. 겨울 방학에는 훈련을 통해 체력을 기르고, 집중력을 높여 공부하는 시간을 늘리겠다고 했습니다. 현수는 진로에 대해 터놓고 이야기하니 마음이 안정되어서 좋다고 하면서 돌아갔습니다.

현수는 운동을 좋아하다 보니 공부가 조금 뒤처진 것 말고는 나무랄 데 없이 아주 평범한 아이입니다. 현수와 이야기를 나누면서 우리가 미래를 필요 이상으로 너무 자주 확인하고 걱정하지 않나 하는 생각이 들었습니다. 오븐에 넣은 반죽이 빵이 되기 위해 시간이 필요하듯이, 아이들 마음속에 있는 꿈이 실현되기까지는 충분한 기다림이 필요합니다.

걱정이 지나칠 때는 생각을 돌려 다른 일에 의도적으로 집중해 보는 것이 좋습니다. 가령 가정이나 학교에서 고치거나 정돈할 것을 찾아보는 것입니다. 옷장 정리, 책상 청소, 분갈이 등도 좋습니다. 그 과정을 사진으로 남겨 놓고 걱정이 올라올 때마다 꺼내 보면서 걱정을 잊었던 경험을 되살려 보면 도움이 됩니다.

과정에 집중하면 결과도 좋아진다

이제 와서 공부를 따라잡기에는 너무 늦었고 앞으로 도무지 무엇을 해야 할지 모르겠다는 학생과 학부모의 상담 의뢰가 있었습니다. 딱 붙는 바지에 긴 잠바를 입고 홀쭉한 모습으로 상담실을 찾은 명석이는 고등학교 2학년입니다. 바른 태도로 앉아서 최대한 공손하게 말하는 태도에서 수줍음이 느껴졌습니다. 함께 온 엄마는 아들이 안쓰러운 듯 쳐다보고는 잘 부탁드린다고 하면서 상담실을 나섰습니다.

명석이는 중학교 때부터 축구를 했다고 합니다. 하지만 고등학생이 되고 아무리 노력해도 실력이 늘지 않아 축구 선수가 되는 걸 포기했다고 했습니다. 축구에 전념해 온 것을 후회하지는 않지만 막상 공부를 다시 시작하려고 해도 마음먹은 대로 잘 안 되어 괴롭다고 했습니다.

명석이에게 자신을 되돌아보는 시간을 가진 다음 사흘 후에 다시 만나 상담을 하자고 제안했습니다. 그리고 다음 번 상담을 할 때 준비해야 할 몇 가지를 구체적으로 이야기했습니다. 먼저, 숙제라고 생각하지 말고 남에게 보여 준다고도 생각하지 말고 오로지 자신과의 대화라고 생각하고 글을 써 보라고 했습니다. 반성문을 써 오라는 게 아니라고 거듭 강조했습니다. 또 자신의 과거와 연관된 곳을 찾아가, 그곳에서 떠오르는 느낌과 생각을 적어 오라고 했습니다. 현재 해결하고 싶은 문제와 미래에 대한 생각까지도 쓰도록 했습니다. 과거, 현재, 미래에 대해 각각 노트 한 장씩, 총 세 장을 쓰면 된다고 했습니다. 제 명함을 주면서, 쓰다가 궁금한 점이 있으면 언제든지 전화하라고 하고 헤어졌습니다.

사흘 후 명석이가 상담실에 찾아왔습니다. 얼굴이 밝아 보였습니다. 자리에 앉아서 과제물을 내미는 명석이에게 어디에서 글을 썼는지 물었습니다. 자신의 방에서 썼다고 합니다. 방에 무엇이 있는지 물었습니다. 책상이 있고, 책꽂이와 오래된 장롱이 있다고 했습니다. 책꽂이에는 누가 샀는지 모르는 백과사전과 소설책, 만화책이 있다고 했습니다. 최근에 읽은 책이 있는지 물었더니 일주일 전에 읽은 소설 제목을 이야기했습니다. 평소에 책을 많이 읽는지 물으니까, 그러지는 않고 누나가 권해서 그 책을 읽었다고 합니다. 책 읽은 소감을 물었습니다. '가족이 있을 때 잘해야겠다.'라는 생각이 들었다고 합니다.

명석이에게 공부하려고 책상에 앉은 지가 얼마나 되었는지 물었습니다. 중학교 1학년 때가 마지막이었다고, 그러니까 축구를 시작하고 나서는 공부를 안 했다고 합니다. 인생이 너무 왔다 갔다 했다고 넋두리를 했습니다. 하지만 후회하지 않는다고 했습니다.

명석이에게 과거에 연관되는 장소로 어디에 갔는지 물었습니다.

마을 뒷산을 산책했다고 합니다. 4년 만에 갔는데, 그사이에 많이 바뀌어서 놀랐고, 산 위에서 보니 '원래 우리 동네가 이랬나?' 하는 생각이 들고 '그동안 참 힘들게 살았구나!' 하는 생각도 들었다고 했습니다.

명석이는 전학을 자주 다녔다고 합니다. 초등학교 때 한 번, 중학교 때 세 번, 고등학교 때 세 번 전학했다고 합니다. 문제가 있어서가 아니라 아버지의 뜻에 따라 축구를 좀 더 잘할 수 있는 학교를 찾아 전학을 자주 다녔다고 했습니다. 자신은 정말 최선을 다했는데, 아버지가 큰 기대를 하면서 자꾸 열심히 하라고 해서 부담스러웠다고 합니다. 그로 인해 아버지와 갈등이 많았다고 합니다.

부모의 적절하지 못한 기대감이 아이에게 일으키는 부작용을 보면서 참 안타까웠습니다. 셰익스피어는 희곡「끝이 좋으면 다 좋아」에서 "기대는 종종 어긋난다."라고 했습니다. 그리고 "기대는 가장 많이 약속하는 곳에서 가장 자주 어긋난다."라고도 했습니다. 끝이 좋은 기대감은 결과보다는 과정에 집중하는 것입니다.

중학교 1학년 때 친구들이 자기더러 못한다고 해서 오기로 시작했다는 축구. 명석이는 정말 축구를 하면 재미있을 줄 알았습니다. 그런데 노력하는 만큼 축구 실력은 늘지 않았고, 축구를 못한다는 이유로 아이들에게 다시금 놀림을 받기도 했습니다.

명석이에게 꿈을 물었더니, 축구를 그만두고 나서 확실하게 정한 것이 없어 불안하지만 체육 관련된 일을 하고 싶다고 했습니다. 체육교사가 되고 싶다고도 했습니다. 아이들과 함께하는 게 즐겁다고 했습니다. 숙소 생활을 오래 해서 자신은 무슨 일이든지 빠르게 적응하고 누구하고도 잘 지낼 수 있다고 자신했습니다.

상담을 마치면서 명석이는 서울 소재 대학에 가기 위해 수학 공부를 다시 시작하겠다는 다짐을 하고는 목표가 생겨서 마음이 편해졌다고 말하면서 엷은 미소를 지었습니다.

하루하루 일상에서 과정에 집중하기 위해서는 아침과 저녁 시간을 잘 활용하는 것이 중요합니다. 우선, 아침에 일어나 5분 정도 자신의 호흡을 세어 봅니다. 호흡을 세면서 떠올랐던 불안, 기대감 등과 그날 일정에서 중요한 것을 노트에 적어 놓습니다. 그리고 같은 날 저녁에 혼자만의 시간을 가지며 아침에 적은 내용을 다시 확인해 봅니다. 이 과정을 한 달 정도 반복하다 보면 당장 하는 일에 집중하게 되며, 그 일이 더욱 순조롭게 처리되는 것을 경험할 것입니다.

특별한 고민

아침마다 교실을 돌면서 아이들과 하이파이브를 합니다. 먼저 인사를 건네면서 저를 반갑게 맞이하는 아이들도 있습니다. 오늘은 복도를 지나는데 한 아이가 다가와 상담을 받고 싶다며 말을 걸었습니다. 서로 일정을 조율해 6교시에 만나기로 했습니다.

진규는 빨간색 추리닝을 입고 시간에 맞춰 찾아왔습니다. 빡빡머리로 깎은 지 얼마 안 됐는지 삐죽삐죽 나온 머리칼이 새순 같았습니다. 머리를 과감하게 밀어 버린 인상치고는 참 순하게 생겼다고 생각했습니다.

먼저 상담하고 싶은 이유를 물었습니다. 진규는 목표와 비전을 좀 더 뚜렷하게 정하고, 객관적인 의견과 충고를 듣고 싶다고 했습니다. 저는 상담도 상담이지만 먼저 해야 할 일이 있다며, 팔심을 점검하겠다고 농담을 하면서 팔씨름을 제안했습니다. 오른팔을 먼저 했는데 진규 팔심이 엄청 세서 제가 순식간에 졌습니다. "와, 세다!"라고 말하면서 두 번째 판을 바로 시작했는데 진규가 일부러 져 준다는 느낌을 받았습니다. 저는 봐주지 말라고 하면서 왼팔로 했습니다. 팔씨름에 이어서 몇 가지 몸으로 하는 활동을 한 후에 다시 의자에 앉고 보니 진규 표정이 어린아이처럼 해맑아져 있었습니다.

기분이 어떠냐고 물었습니다. 재미있다고 했습니다. 종이에 '재미'라는 단어를 쓰고 동그라미를 그린 다음, 어릴 때부터 지금까지 재미있었던 일에 대해 이야기를 나누었습니다. 초등학교 때 태권도 경기를 하면서 처음으로 입이 마르고 긴장감이 자기 몸을 지배하는 것을 느꼈을 때 정말 상쾌하고 즐거웠다고 합니다. 또 자기는 사람들과 협력해서 무언가를 이룰 때 재미를 느낀다고 했습니다. 어린 시절을 떠올리니 예전에 느꼈던 감정들을 다시 기억해 낼 수 있어서 좋다고 했습니다.

살면서 부딪힌 장애물에 대해서도 물었습니다. 고등학교 들어와서 진학 문제로 부모님과 많이 다퉜다고 합니다. 부모님은 무조건 공부의 길로 몰아붙이면서, 어리다는 이유로 자신의 생각과 고민을 무시했다고 합니다. 어른들의 이기적인 모습에 화가 났다고 말했습니다.

이어서 봉사 활동 이야기를 했습니다. 진규는 봉사에 관심이 참 많았습니다. 하지만 봉사하면서 상처를 많이 받은 것 같았습니다. 봉사 단체 오리엔테이션에 간 적이 있는데 강사 한 분이 꿈을 이루기 위해서는 꼭 대학에 가야 한다고, 그리고 봉사 활동이 대학 입시에 큰 도움이 된다고 이야기했다고 합니다. 진규는 너무나 충격적이었다고 합니다. 자신은 그저 좋아서 봉사를 한 것뿐이고 대가 없이도 봉사하는 삶을 살고 싶은데, 그마저도 대학을 가기 위해 이용하는 수단이라고 하는 말에 혼란스러워했습니다.

진규의 꿈은 관광 분야 회사를 설립하는 것이라고 합니다. 대학을 나오지 않고도 사람들에게 인정받는 사람이 되고, 강연 등을 통해 사람들에게 새로운 지식과 도전 정신을 심어 주고, 사회를 긍정적으로 바꾸고 싶다는 포부를 말했습니다.

진규는 학생회 간부도 하고 성적도 아주 우수한 아이입니다. 상담을 하는 동안 저 역시 '그래도 대학을 가야 한다.'라는 말이 목까지 올라왔지만 참았습니다. 한편으로는 고등학교를 졸업하고 바로 군대 가고, 이후 사업을 해서 돈을 벌어 꾸준히 봉사를 하고 싶다고 확신에 차서 말하는 진규에게 점점 믿음이 갔습니다. 나중에 담임 선생님에게 들었는데, 진규가 직업 학교를 선택하면서 새롭게 다짐하는 의미에서 머리도 깎았다고 합니다.

생의 모든 곳에는 황금률이 있다고 합니다. 황금률은 신약 성서의 산상 수훈에 나오는 말로, 남에게 대접받고자 한다면 받고자 하는 대로 대접하라는 말입니다. 봉사의 진정한 의미를 깨닫고 있다는 점에서 진규는 이미 황금률 원리를 깨친 아이일지도 모른다는 생각이 들었습니다.

일상에서 황금률을 실천하려면 자기 자신의 말과 행동을 알아차려야 합니다. 먼저 자신의 행동을 알아차리는 연습을 해 봅니다. 먹고 자는 것, 걷는 것 같은 가장 기본이 되는 행동부터 시작해 봅니다. 걸을 때 '걷는구나', 먹을 때 '먹는구나'라는 것을 알고 그 행동 자체에 집중하다 보면, 함부로 행동하지 않는 지혜가 생깁니다. 그리고 자신의 행동이 다른 사람에게 어떤 이득이 있는지 자주 살펴봅니다. 점점 다른 사람에게 솔직해지면서, 관계에서 오는 부담감을 하나씩 내려놓게 될 것입니다.

어느 고3이 꿈꾸는 하루

　점심시간에 두 아이가 장난을 치면서 교장실에 들어왔습니다. 소파에 앉으라고 하고 책상 서랍에서 초코파이를 꺼내 주면서 학교생활을 물어보았습니다. 서로 얼굴을 쳐다보며 동시에 즐겁다고 했습니다. 둘 다 고2 때까지 다니던 학교보다 지금 학교가 훨씬 좋다고 했습니다. 그러면서도 한 아이는 고민이 있다며 따로 상담이 가능한지 물었습니다. 그래서 그날 오후로 시간 약속을 했습니다.

　오후에 재현이가 교장실에 왔습니다. 재현이는 마른 체구에 약간 커 보이는 교복을 입고 있었습니다. 점심시간에 왔을 때와는 달리 조금 긴장한 모습이었습니다. 저는 책상 위에 조그만 인형 세 개를 놓았습니다. 각각 '안정' '성장' '고통'이라는 이름을 가진 인형이라고 말해 주었습니다. 그런 다음 지금 해결하고 싶은 것을 묻자, 재현이는 군대 문제를 해결하고 싶다고 했습니다. 칵테일을 만드는 조주 기능사 자격증을 따고 싶다고도 했습니다.

　군 입대와 자격증 두 가지를 생각하면 어떤 마음이 드는지 묻고, 그 마음에 가까운 인형을 고르도록 했습니다. 재현이는 고통 인형을 잡았습니다. 걱정이 많이 되고 심란하다고 했습니다.

살면서 가장 심란했던 적이 언제였는지 물었습니다. 고등학교 1학년 때 성적표를 받고 나서 정말 힘들었다고 합니다. 아버지가 지방으로 가셨을 때, 그리고 몸이 안 좋아서 병원에 갔을 때도 이야기했습니다. 재현이는 시력이 안 좋아서 점점 걱정이 많아지고 있다고 했습니다.

이어서 행복했던 때를 물었습니다. 고등학교 2학년 때 처음 스마트폰을 가져서 행복했다고 합니다. 담임 선생님이 상담을 하면서 직업 학교가 있다는 것을 알려 주었을 때는 희망이 생겼다고 합니다.

재현이와 어린 시절 이야기를 하면서 예전에 살던 방이 어떤 모습이었는지 물어보았습니다. 옷장과 이불만 단출하게 있었다고 했습니다. 그래서 마음껏 상상해 그곳을 새롭게 꾸며 보는 시간을 가졌습니다. 처음에는 글로 쓰다가 그림으로 그려도 되는지 물어서 그렇게 하라고 했습니다.

재현이가 그림으로 자신의 방을 꾸미기 시작했습니다. 처음에는 머뭇거리더니 방 한쪽에 큰 창문을 만들고 침대도 놓고 그 옆에는 긴 바(bar)를 만들었습니다. 다른 쪽 벽에는 작곡을 하며 음악을 할 수 있는 공간을 만들었습니다. 재현이에게 그 방에서 보내는 가장 이상적인 하루를 상상해 보고 글로 써 보자고 했습니다.

아침에 조금 늦게 일어나서 달걀과 햄으로 아침을 먹고 운동을 나간다. 돌아와 몸을 씻고 점심 먹고 작곡을 하며 오후를 보낸다. 4시 정도에 저녁을 먹고 일을 하러 바에 간다. 7시에 바 문을 열어 새벽 3시까지 영업을 하고 집에 돌아와 선라이즈 칵테일 한 잔을 마시고 잔다.

재현이는 사람들에게 희망을 주는 바텐더가 되고 싶다고 했습니다. 꿈을 이루기 위해서 오늘 당장 무엇을 해야 할지 물었습니다. 재현이는 조주 기능사 자격증을 따기 위해 공부를 하고, 눈 건강을 위해 매일 줄넘기와 달리기를 하겠다고 했습니다.

재현이는 인문계 고등학교에서 직업 학교로 옮기면서 꿈을 갖게 됐지만, 지금의 선택이 혹시 일시적인 회피가 아닌지 두려워하고 있었습니다. 학창 시절은 어떻게 하면 행복한지, 자신이 무엇에 도전할 수 있는지 고민하는 시절입니다. 학교는 무엇이든 연습할 수 있는 운동장이고 어떻게 하면 두려움을 극복할 수 있는지 가르쳐 주는 배움터입니다. 삶의 변화를 긍정적 상상력으로 끊임없이 연결하다 보면 지금보다 훨씬 더 커다랗게 성장한 자신의 모습을 보게 됩니다.

자신에게 다가오는 삶을 긍정적으로 받아들이고 싶다면 다음 활동을 해 보기 바랍니다. 여럿이 모여 운동장 같은 넓은 공간에 섭니다. 먼저 원을 만들고 그 안에 또 원을 만듭니다. 가장 작은 원은 안정의 원, 그다음은 성장의 원, 가장 바깥은 고통의 원입니다. 안정의 원은 아주 쉽게 할 수 있는 일이나 하고 싶은 일, 성장의 원은 잘하지는 못해도 도전해 보고 싶은 일, 고통의 원은 자신 없는 일이나 심리적으로 위축되는 일을 의미합니다. 참가자 중 한 사람이 진행자가 되어 '남들 앞에 서는 일' 같은 과제를 제시합니다. 참가자들은 과제를 듣고 나서 떠오른 마음이 세 가지 원 중에 어떤 쪽에 해당하는지 생각한 다음, 각자 해당하는 원 안으로 이동합니다. 그리고 같은 원에 선 친구들끼리 각자 왜 그 자리에 서게 되었는지 이야기를 나누어 봅니다. 활동을 마치고 나서는 저마다 왜 그 자리에 서 있었는지에 대해 이야기해 봅니다. 이 활동은 스스로 무엇을 두려워하고 있는지를 덜 고통스럽게 드러내면서, 한편으로는 비슷한 처지에 있는 친구들과 이야기 나누며 두려움을 자연스럽게 극복할 수 있도록 도와줍니다. 친한 친구와 함께하면 더욱 효과가 좋습니다.

세상을 다르게 보는 방법

경환이가 교장실에 왔습니다. 진로에 대해 상담을 받고 싶다고 했습니다. 경환이에게 해결하고 싶거나 원하는 것이 무엇인지 물었습니다. 경환이는 종이에 '가난, 취업, 성격'이라고 썼습니다.

먼저 가난에 동그라미를 그리고 화살표를 밑으로 그은 다음 느낌을 쓰라고 했습니다. 가난은 사는 데 지장을 주고 사람을 미치게 한다고 썼습니다. 가난에 대한 느낌을 다시 물었습니다. '분노, 슬픔, 힘듦'이라고 했습니다. 왜 그런 느낌을 받았는지 물었습니다. 경환이는 가난 때문에 고생하다 돌아가신 아버지 이야기를 어머니에게 들을 때 화가 난다고 합니다. 그리고 나라가 지원해 주는 돈이 너무 적으며, 일도 못 하게 막아서 힘들다고도 했습니다.

경환이가 자신의 감정을 알아차리도록 하는 활동부터 했습니다. "나는 비록 가난 때문에 불안하고 슬프고 원망스럽지만, 그럼에도 불구하고 그런 나를 온전히 마음속 깊이 사랑합니다."라고 쓰고, 눈을 감고 여러 번 말하도록 했습니다. 다시 느낌을 물었습니다. 머리를 맞은 것처럼 어지럽고 왠지 모르게 몸도 떨린다고 했습니다. 그러면서 자신을 사랑하는 것은 잘 모르겠다고 했습니다.

이어서 취업에 대해 물었습니다. 가난에서 벗어날 수 있는 하나의 수단이라고 했습니다. 취업에 대한 느낌으로는 '기쁨'과 '쾌락'을 말했습니다. 살면서 기쁘고 좋았던 일에 대해 이야기를 나누었습니다. 고등학교 1학년 때 큰 식당에서 아르바이트를 했는데 일을 잘한다고 인정받아서 승진했을 때 정말 좋았으며, 비어 있던 통장에 돈이 들어왔을 때 기뻤다고 합니다.

분노와 기쁨, 두 가지 중 어느 것을 선택하고 싶은지 물었습니다. 당연히 기쁨이 좋다고 했습니다. 기쁨은 누가 느끼고 만드는 것인지 물었습니다. 자신이 만드는 것이라고 대답했습니다. 그래서 "내가 보는 세상은 내가 만든다."라는 문장을 만들고, 이를 반복해서 여러 번 읽어 보라고 했습니다. 그러고 나서 기쁨이 있는 '나'를 만들기 위한 구체적인 행동을 물었습니다. 경환이가 '내가 원하는 길을 선택해 걷는 것'이라고 말했습니다. 우리는 다시 "내가 보는 세상은 내가 만든다."라는 문장을 여러 번 같이 읽었습니다.

성격에 대해서도 얘기를 나눴습니다. 경환이는 자신이 다혈질이어서 원치 않는 말싸움을 자주 한다고 했습니다. 그럴 때마다 후회를 한다고 했습니다. 자신이 조금만 물러서면 좋게 끝날 수 있는데 그러지 못해서 항상 후회를 한다고 합니다. 해결책을 물었습니다. 다른 사람의 말을 예민하게 받아들이지 않고 자신의 상황을 상대에게 설명해서 최대한 충돌을 피하겠다고 했습니다. 한숨 돌린 후에 화를 낼 만한 일인지 생각해 보겠다고도 했습니다.

가난, 취업, 성격에 대해 이야기를 나눈 후 기분을 물었습니다. 문제가 해결되지는 않았지만 속에 담아 두었던 얘기를 하니 나름대로 기분이 풀렸다고 했습니다.

분위기를 바꾸어 성공한 마흔 살의 경환이가 지금의 경환이에게 편지를 쓰는 시간을 가졌습니다. "돈에 너무 연연하지 마라. 중요한 것은 돈이 아니라 인내력과 노력이다."라고 썼습니다. 이어서 성공한 경환이의 하루를 써 보게 했습니다.

아침에 일어나 아침을 먹고 차를 타고 회사로 출근해 '게임 아이디어' 회의를 하고, 그림을 그리고, 6시에 퇴근해서 아내와 두 아이를 데리고 드라이브를 하고, 외식을 하고 집에 와서 잠자리에 든다.

경환이는 게임과 관련된 그림을 그리는 일을 하고 싶다고 했습니다. 이것을 이루기 위해서 매일 그림을 그리겠다고 약속하면서 상담을 마무리했습니다.

꿈은 구체적일수록 좋다

우리 학교는 직업 교육을 원하는 학생들이 모여 공부하는 곳입니다. 서울 인문계 고등학교 2학년을 대상으로 하여 선발된 아이들이 고등학교 3학년을 이곳에서 보냅니다. 한데, 적성이 안 맞아 다시 원래 학교로 돌아가는 경우도 간혹 있습니다.

키가 크고 얼굴이 작은 원순이가 교장실에 슬그머니 들어와 "지금 상담할 수 있나요?" 하고 물었습니다. 무슨 일이냐고 되묻자 본교로 돌아가고 싶다며 "교장 선생님께서 도와주세요."라고 말했습니다. 그래서 깊은 이야기는 다음 날 하기로 하고 과제 하나를 내주었습니다. 과거, 현재, 미래에 대한 이야기를 노트에 각각 한 장씩 써 오라고 말하고 헤어졌습니다.

이튿날 교장실을 다시 찾은 원순이는 초등학교 시절 농구를 좋아했던 일, 왕따를 당해 학교에 적응하지 못하고 공부를 포기한 사연, 내성적이어서 다른 친구들과 어울리지 못하는 이야기를 진솔하게 써 왔습니다.

원순이에게 글을 쓰면서 느낀 점을 물었습니다. 체육 대학에 가겠다는 목표가 생겼을 때 느꼈던 즐거움을 다시 생각하게 되었고, 체육을 공부하면서 누군가에게 무엇을 알려 줄 수 있다는 것이 더 즐겁다는 것을 깨달았다고 했습니다. 체육 선생님이 되고 싶은데, 꿈을 이룰 수 있을지 걱정도 되고 기대도 된다고 했습니다.

'기대'와 '걱정'이라는 말에 동그라미를 그리고 화살표를 밑으로 그은 다음 살면서 가장 기대되는 것은 무엇이었는지 물었습니다. 초등학교 시절 아버지가 태권도 도장을 알아봐 주었을 때, 다음 날 도장에 갈 수 있다고 생각했을 때가 가장 기대됐다고 했습니다.

반대로 걱정됐던 기억으로는 운동 대회에 나가서 질 수도 있을 거라는 생각이 들었을 때, 부모님이 싸웠을 때라고 대답을 했습니다. 이렇게 계속 걱정을 하면 어떻게 될 것 같은지 물었습니다. 좌절하거나 위축되고, 다른 사람과의 사이도 나빠질 것 같다고 했습니다. 가장 걱정되는 것을 다시 물었습니다. 원순이는 무엇을 해야 할지 모르겠다고 했습니다. 가장 걱정되는 내용을 가지고 '나는 비록'이라고 시작하는 문장을 써 보면서 감정 조절 연습을 했습니다. "나는 비록 꿈을 이룰 수 있을지 불안하지만, 그럼에도 불구하고 그런 나를 온전히 마음속 깊이 사랑합니다."라고 쓴 다음 눈을 감고 여러 번 말하게 했습니다.

원순이는 꼭 체육 선생님이 되고 싶다고 했습니다. 그래서 저와 함께 당장 그날부터 해야 할 일을 정했습니다. '기록 늘리기, 하체·상체 운동, 모든 과목 4등급 만들기'를 목표로 삼았습니다.

원순이는 확실한 꿈을 스스로 정하고 나면 마치 누구의 도움 없이 위험 속으로 뛰어드는 듯한 기분이 드는 모양입니다. 그런 불안으로부터 벗어나기 위해서는 꿈이 아주 구체적이어야 합니다.

자신이 원하는 것에 대해 확신을 갖는 것은 매우 중요합니다. 먼저 노트와 펜을 들고 조용한 장소로 이동합니다. 교회나 성당 등 신성한 장소라면 더욱 좋습니다. 도서관이나 강이나 바다가 보이는 탁 트인 장소도 좋습니다. 그곳에서 다음 문장을 완성해 봅니다.

만약 내가 ○○ 하는 것을 시도하면, 내 삶에 큰 힘이 될 것이다.
나는 ○○을 실행함으로써 내 삶에 확신을 갖게 될 것이다.

이 활동은 원하는 것을 찾고 확신을 갖는 데 도움이 되는 활동입니다. 쓰다 보면 곧이어 실천해야 할 내용이 저절로 떠오를 것입니다. 그 기회를 포착했을 때의 전율을 느껴 보기 바랍니다.

잘못된 후회에는 잘못된 대답만이 있다

고등학교 2학년인 지영이와 만났습니다. 오통통한 얼굴의 지영이에게 티셔츠가 예쁘다고 말을 건넸습니다. 아버지가 준 용돈의 반은 저축하고, 나머지로 산 티셔츠라고 했습니다. 대학 등록금을 모으려고 저축을 한다는 이야기도 했습니다.

어색함이 풀렸는지 지영이 얼굴이 밝아지며 대화를 이어 나갔습니다. 우리는 서로 좋아하는 걸 이야기했습니다. 지영이는 영화 보는 걸 좋아한다고 했습니다. 최근에 영화 「국제시장」을 보면서 우리나라 1960~70년대가 참 힘들었다는 것을 알았고, 이산가족 상봉 장면이 되게 슬펐다고 했습니다. 저는 최근에 「님아 그 강을 건너지 마오」를 본 이야기를 하면서 많이 울었다는 이야기도 솔직히 털어놓았습니다.

지영이는 또 걷기를 좋아한다고 했습니다. 풍경을 보면서 걷다 보면 마음이 여유롭고 맑아진다고 했습니다. 저도 시간만 나면 걷는다고 했습니다. 힘이 들 때나 기분이 안 좋을 때 걷다 보면 생각이 정리되고 마음이 편해진다며 맞장구를 쳤습니다. 서로 관심사를 이야기하다 보니 관계가 동등해지고 누가 누구를 상담한다는 생각이 자연스럽게 없어졌습니다.

지영이에게 원하거나 해결하고 싶은 것이 있는지 물었습니다. 지영이는 대학교에 가는 것이라고 답했습니다. '대학' 하면 떠오르는 생각이나 느낌을 적게 했습니다. 대학에 가면 신나고 자유로워서 좋을 것 같다고 했습니다. 하지만 지금의 생활은 짜증 나고 귀찮다고 했습니다.

내친김에 어릴 때부터 지금까지 짜증 나고 귀찮았던 경험에 대해서 이야기를 나누었습니다. 아침에 일찍 일어나야 하는 것, 고등학교를 잘못 선택한 것, 남의 말에 쉽게 생각이 바뀌고 스스로 결정하지 못하는 것 등을 이야기했습니다. 실업계 고등학교에 가고 싶었는데 어머니와 친척 어른이 말려서 인문계를 선택한 게 많이 후회된다고도 했습니다. 그때 자신이 가고 싶은 실업계에 진학했으면 지금보다 행복했을 것이라며 아쉬워했습니다. 과거의 일로 계속 짜증 부리고 힘들어하면 어떤 대가를 치르게 될 것인지 물었더니 정신이 피폐해질 것 같다고 했습니다.

지영이와 부정적 감정을 조절하는 훈련을 했습니다. "나는 비록 남의 말에 휘둘려서 짜증 나고 후회하지만, 그럼에도 불구하고 그런 나를 온전히 마음속 깊이 사랑합니다."라는 문장을 반복해서 다섯 번 말하게 했습니다. 느낌이 어떤지 물었는데, 지영이는 냉랭한 표정으로 별다른 느낌이 없다고 짧게 대답했습니다.

지영이의 꿈은 은행원이 되는 것이라고 했습니다. 월급을 많이 받아서 엄마에게 용돈을 드리고 싶다고 했습니다. 그러기 위해서 성적을 많이 올려야 한다고도 했습니다. 도서실보다는 집에서 혼자 공부할 때 잘된다고 하면서 국어 인터넷 강의를 듣겠다고 스스로 다짐했습니다. 공부하는 데 가장 큰 장애물인 '망상'에서 벗어나기 위해 노력하면서 다시 마음을 다잡고 공부를 하겠다고 했습니다.

어떤 행동을 후회하면 이중으로 불행해진다고 합니다. 후회의 이면에 있는 억울한 마음의 작용을 말한 것입니다. 억울한 마음은 후회로 이어지고, 이로 인해 정신적으로도 우울해지고 삶이 점점 더 힘들어지는 것입니다. 이런 후회의 악순환을 어떻게 해야 끊을 수 있을까요? 미국의 사상가 핸리 데이비드 소로는 후회를 최대한 이용하라고 했습니다. 잘못한 일이 있으면 고치고 다음에 그런 일이 없도록 하면 된다고 간단명료하게 말했습니다.

떡 돌리는 아이가 준 깨달음

고3 규상이가 어머니와 함께 교장실 문을 열고 들어와 떡을 몇 개 주었습니다. '사장 되기 경진 대회'에서 상을 받아 떡을 준비했다고 합니다. 고등학생쯤 되면 아이들은 부모님이 학교에 오는 걸 싫어하는 경우가 많은데, 규상이는 상을 받아서 정말 좋았던 모양인지 어머니와 떡을 돌리는 내내 들떠 보였습니다.

규상이는 관광서비스과에 다니는데, '바(bar)에서 상담사가 손님들의 심리 상담을 해 주는 아이디어'로 대회에 나갔다고 합니다. 힘든 직장 일을 끝내고 저녁에 한잔하면서 상담을 받으면 심리적으로 안정감을 갖게 되리라는 점에서 꽤 괜찮은 아이디어라고 생각됐습니다. 그래서 여유를 갖고 규상이와 좀 더 많은 이야기를 나누고 싶었습니다.

따로 정한 약속 시간에 맞춰 상담실로 들어온 규상이는 더운지 연신 땀을 흘렸습니다. 조금 긴장한 것 같기도 했습니다. 시원한 물을 한 잔 마시고 팔씨름을 하려고 보니, 오른손에 붕대가 감겨 있었습니다. 집에서 작은 화상을 입었는데, 지금은 많이 좋아졌다고 했습니다.

규상이에게 상을 받았을 때 기분이 어땠는지 물었습니다. 처음에는 아무 느낌이 없다가 조금씩 '내가 해냈구나!' 실감했다고 합니다. 처음에는 안 될 줄 알았다고 합니다. 다시 한번 느낌을 물었더니, 좋았다고 했습니다. 살면서 가장 좋았던 기억을 물었습니다. 초등학교 시절 '과학 영재' 신청을 했는데 합격했을 때 좋았다고 합니다. 반대로 나쁜 기억을 물었습니다. 조금 생각하더니 없다고 답했습니다.

규상이에게 직업 학교에 온 이유를 물었습니다. "대학을 나와도 취업이 안 되고, 4년 동안 학비만 들잖아요. 그럴 바에는 차라리 기술을 배워서 취업을 하자고 마음먹었어요."라고 했습니다. 대학은 몇 년 후 취업자 전형으로 갈 수 있으니 그때 가도 늦지 않다고 말했습니다. 처음에는 부모님의 반대가 있었지만 설득했고, 자신은 지금 선택에 후회가 없다고 합니다.

지난 고등학교 생활이 어땠는지 물었습니다. 수업 시간에 잠을 좀 잤다고 했습니다. 처음에는 열심히 하려 했는데 공부를 해도 잘 모르겠고, 수업 내용이나 선생님이 가르치는 방식이 재미없었다고 했습니다.

보통 수업 시간에 잠자고 공부를 안 하면 나쁜 길로 빠지기 쉬운데, 어떻게 그런 유혹을 극복했는지 물었습니다. 규상이는 어머니 덕분인 것 같다고 했습니다. 평소에 자기가 무엇을 하든지 도와주고, 하고 싶은 것이 있으면 언제든지 하게 해 주었다고 합니다. 그래서 새로운 도전을 해 보는 것도 나쁘지 않겠다는 생각이 들었다는 이야기를 들려주었습니다.

아직 꿈이 정확하게 정해지지 않았지만, 규상이는 관광 분야 일을 하고 싶다고 했습니다. 그러기 위해 다양한 것을 배우고 싶은데 일단 자격증 따는 데 필요한 공부부터 하겠다고 했습니다. 이야기를 하다 보니 목표가 더욱 명확해졌고 지금 생각한 것들을 평생 기억해야겠다는 말을 남기고 규상이는 교장실을 떠났습니다.

요즘 우리 주변에는 눈높이를 맞추지 못한 교육과정 때문에 힘들어하는 아이들이 많습니다. 교육 과정을 따라가지 못하는 것을 개인의 학습 능력 부족 탓으로만 돌리려는 것 같아 안타깝습니다. 규상이가 건넨 떡 한쪽은 아이가 직접 자신의 눈높이에 맞춰 걷는 숲길에는 어른들이 모르는 또 다른 길이 있다는 깨달음을 주었습니다.

아이들에게 꿈을 찾으라고 할 때는 다음과 같이 구체적으로 이끌어 주는 것이 좋습니다. 먼저 분위기를 편안하게 합니다. 그리고 아이가 꿈꾸는 이상적인 하루를 꾸며 보도록 합니다. '누구와 살고 싶은가? 무슨 일을 하고 싶은가? 취미는 무엇인가?' 등을 질문해 보고 현재 하고 있는 것 중에 감사하게 생각하는 목록도 같이 적어 보게 합니다. 이 내용들은 마음 깊숙이 묻혀 있는 꿈들을 드러내고, 그 꿈을 이룰 용기를 갖게 하는 데 도움이 될 것입니다.

빵으로 부푼 꿈

행복해하는 아이를 만나서 상담하는 일은 참 드뭅니다. 학교에서는 주로 문제 상황에 대해 상담이 이루어지기 때문입니다. 그런데 한길이와는 행복한 상담을 했습니다.

밝은 모습으로 교장실을 찾은 한길이와 '발목을 붙여라' 활동을 했습니다. 둘이서 발목을 붙이고 목적지까지 가는 활동인데, 한길이는 내 팔을 꽉 잡고 발목을 딱 붙인 채 열심히 목적지까지 걸어갔습니다.

활동 후 한길이가 재미있다는 표정을 지었습니다. 그래서 살면서 재미있었던 것에 대해 물었습니다. 컴퓨터 게임을 할 때, 여행할 때, 그리고 제과와 제빵을 배울 때 가장 재미있었다고 했습니다. 게임은 열심히 하면 다른 사람의 관심을 받을 수 있고, 여행은 평소와 다른 느낌을 받아서 좋다고 했습니다. 중학교 때 방과 후 수업에서 제과와 제빵을 배웠는데, 빵을 만드는 일이 무에서 유를 만들어 내는 것 같아 재미있었다고 합니다. 보잘것없는 재료들이 모여서 맛있는 빵과 과자로 만들어지는 것이 신기하다고도 했습니다.

'재미'의 반대말은 무엇인지 물었습니다. '지루함'이라고 했습니다. 한길이는 학교 수업이 가장 지루하다며, 공부하는 이유는 알려 주지 않고 주요 과목만 집중적으로 주입시켜서 공부에 흥미를 잃었다고 합니다. 이어 지루한 경험으로 예배 시간을 꼽으며, 이해가 가지 않는 내용을 반복해 듣는 것이 시간 낭비 같다고 했습니다.

한길이의 꿈은 자기만의 빵을 만드는 것이라고 했습니다. 혹시 꿈을 방해하는 것이 있다면 무엇인지 물었습니다. 게임이라고 했습니다. 게임을 계속하면 꿈을 이루지 못할 것 같다고 했습니다. 게임 문제에 대해서는 주말이나 쉬는 날에 몰아서 하면 될 것 같다고 스스로 해결책도 제시했습니다. 아버지 이야기도 꺼냈습니다. 자신의 꿈과는 다른 진로를 원하는 아버지와 갈등이 있다고 했습니다.

꿈을 이루기 위한 구체적인 실천 전략을 이야기했습니다. 한길이는 먼저 곧 있을 제과제빵사 자격 시험을 열심히 준비하겠다고 했습니다. 오늘부터 시험 공부를 더 열심히 하겠다는 다짐도 했습니다.

한길이에게 열 가지 긍정적인 문장이 담긴 카드를 보여 주었습니다. 한길이는 "나는 창조성을 인정받는다."와 "이제 나는 나 자신에게 치유를 허락한다."라는 문장 카드를 골랐습니다. 고른 문장을 여러 번 소리 내어 읽어 보게 했습니다.

한길이는 상담을 마치면서 "지금까지 받은 상담과는 다르게 제가하고 싶은 이야기를 맘껏 할 수 있었고, 지금 해야 하는 일을 정리할 수 있어서 좋았어요."라고 했습니다.

한길이는 빵을 만들고 싶은 꿈에 다가가기 위해서 그동안 관심이 없던 공부에 다시 집중하고, 아버지와의 불편한 감정도 정리하기 위해 노력하기로 했습니다. 자신의 꿈을 제대로 마주한 덕분에 가능해진 일입니다. 중학교 때 접한 제과와 제빵 경험이 강렬한 열정으로 자리를 잡으면서, 현실을 제대로 보는 눈을 열어 준 셈이지요. 그래서 하루하루가 행복해진 것입니다. 심리학자 조너선 하이트는 "타인의 행복을 목격하는 사람도 감정적인 이득을 본다."고 했는데, 저도 한길이와 상담하는 동안 참 행복했습니다.

3부

과거의 기억과 만나기

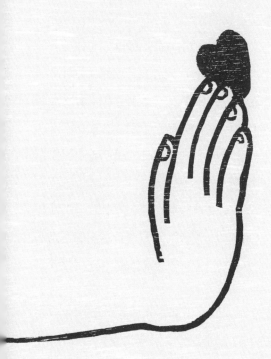

핵심 감정을 알아야 한다

"아이와 자연스럽게 대화하려면 어떻게 해야 할까요?"

요즘 부모들에게서 자주 받는 질문입니다. 그때마다 저는 아이보다 부모 자신과의 대화가 중요하다고 말합니다. 내면과의 대화를 통해 자신의 핵심 감정을 알아차려야 한다고 말합니다. 핵심 감정은 어린 시절에 정서적으로 중요한 인물과의 관계에서 형성된 감정을 말합니다. 이는 어린 시절 이후의 대인 관계에 그대로 적용되어, 비슷한 상황에 부딪칠 때마다 핵심 감정에 따른 정서적 반응을 자신도 모르게 습관처럼 반복하게 됩니다.

자신의 삶을 무의식적으로 지배하는 정서가 무엇이며, 그것이 언제, 누구와의 관계에서, 어떻게 형성됐는지 자각하는 것이 중요합니다. 핵심 감정을 알면 자신을 더욱 깊이 이해하게 되고, 자연스럽게 자신과 대화할 수 있습니다.

분노·우울·회피 등 부정적인 감정을 표출하게 되면 본인뿐만 아니라 주변이 참 힘들어집니다. 특히 스스로 진짜 감정을 알아차리지 못하고 부정적 말과 행동을 반복하는 부모 밑에서 자라는 아이들은 힘든 어린 시절을 보내게 됩니다. 그래서 부모 스스로 자신의 감정 상태를 점검하고 문제점을 알아차리는 일이 더욱 중요합니다.

부모뿐만 아니라 아이들도 내면의 그림자를 갖고 있습니다. 내면의 그림자란 특정 상황만 되면 자신도 모르게 표출되는 행동·감정·태도를 말합니다. 내면의 그림자를 치유하려면 그동안 숨어 있었던 갈등 요소와 직면해야 합니다. 과거의 두려웠던 상황과 감정을 의도적으로 드러내어 받아들이는 것입니다. 자신이 불편해하고 쉽게 극복하지 못하는 단점, 즉 콤플렉스를 인정하고 드러내는 것은 손가락을 자르는 것과 맞먹는 아픔을 감수하는 일이라고 합니다. 따라서 반복적인 연습이 필수적입니다. 불편했던 감정을 알아차리고 받아들이는 작업을 의도적으로 계속할 때 비로소 그 감정으로부터 자유로워질 수 있습니다. 그래야 일상에서 일어나는 일들로부터 새로운 상처를 만드는 악순환의 고리를 끊을 수 있습니다.

자신의 부정적인 부분을 솔직히 받아들인 아이들은 마음이 편해졌다는 말을 많이 합니다. 일단 마음이 편해지면 가족이나 친구와의 대화가 자연스러워지고, 미래에 대한 목표도 뚜렷해집니다.

아이들을 상담하면서 부모와 함께 자신의 핵심 감정을 알아차리고 받아들이는 활동을 한 뒤에 아이와 부모 관계가 빠르게 회복되는 모습을 여러 번 보았습니다. 과거에 해소되지 못했던 핵심 감정을 수용하는 것은 행복을 위한 출발점이며, 부모가 아이에게 건네는 정서적 선물이기도 합니다.

어릴 적 부모와 떨어져 살았던 아이는

"학교에 도착했어요."

"그래, 잘했다. 아침은 먹었니?"

"아뇨."

"오늘도 좋은 하루 보내라."

경수와 아침에 주고받은 문자 메시지입니다. 경수는 이전 학교를 다닐 때 매일 늦잠을 자서 지각을 했다고 합니다. 그래서 우리 학교로 전학 온 후 한 달 동안 학교에 도착하면 나에게 메시지를 보내기로 약속했는데, 일주일째 약속을 잘 지키고 있습니다.

경수는 지방에서 전학을 왔습니다. 학교생활에 흥미를 느끼지 못해 자퇴하려고 했지만, 환경을 바꾸어 보자는 부모님의 설득에 전학을 결심했다고 합니다. 경수가 전학 온 뒤에 어떻게 생활하는지 궁금해서 상담 약속을 잡았습니다.

교장실에 와서 처음에는 어색해하기에 팔씨름을 제안했습니다. 운동을 하지 않아 팔에 힘이 없다고 엄살을 피우는 사이, 경수의 얼굴이 엄마 품에 있는 아기 표정으로 바뀌었습니다. 팔씨름에 이어 일어나 손을 잡고 발등을 서로 밟으면 이기는 발등 밟기를 했습니다. 활동을 마치고 나니 긴장이 풀리는지 편안하게 말을 시작했습니다.

경수에게 원하거나 해결하고 싶은 것을 있는 대로 써 보게 했습니다. 잠시 머뭇거리다가 써 내려간 내용은 '의지가 약하다, 소심하다, 부정적이다' 등이었습니다. 각각의 내용을 동그라미 친 다음 저마다 떠오르는 느낌을 쓰도록 했습니다. '의지가 약하다'는 부정적인 느낌이라고 했습니다. 부정적으로 생각하다 보면 스스로 별것 아닌 존재가 되는 것 같다고 했습니다. 다시 해결하고 싶은 문제 중에 하나만 고르도록 했습니다. '부정적이다'를 선택했습니다. 부정적인 생각 때문에 모든 일에 자신감이 없어진다고 했습니다.

부정적인 생각에 대해 좀 더 깊이 생각할 수 있는 시간을 가졌습니다. 그러고 나서 "나는 비록 부정적으로 생각해서 나를 아무것도 아닌 존재로 인식하지만, 그럼에도 불구하고 그런 나를 온전히 받아들이고 깊이 사랑합니다."라는 문장을 함께 만들었습니다.

이 활동은 심리적으로 가장 부담스러운 것을 수면 위로 올리는 작업입니다. 사람은 자신이 불편해하고 피했던 감정과 마주하기를 힘들어합니다. 청소년 상담의 효과가 좋은 것은 불편한 감정을 직면하고 받아들이는 과정이 어른들보다 어렵지 않기 때문입니다. 경수와 손가락을 모아 핵심 감정을 손날로 두드리는 작업을 반복했습니다. 먼저 경수의 오른손을 악수하듯이 잡고 내 손가락으로 경수의 손날을 천천히 두드렸습니다. 그러면서 앞서 함께 만든 문장을 반복해서 읽었습니다.

경수가 마음이 편안해졌는지 어릴 적 이야기를 꺼냈습니다. 경수는 어린 시절을 외가에서 보냈다고 합니다. 그때를 '불안'이라는 단어로 표현했습니다. 중학교 때 친구들에게 폭력을 당한 아픈 기억도 있었습니다. 이러한 문제들이 해결되지 못한 채 무기력을 낳은 것이지요. 그래서 자주 결석을 하고, 결국 학교 다니는 의미를 잃고 만 것입니다.

아이들은 과거의 상처, 미래에 대한 두려움을 게으름으로 표현합니다. 이 두려움의 치료제는 주변의 지속적인 관심과 스스로 작고 쉬운 목표를 세우고 성취해 보는 경험입니다.

두려움을 치료하는 특효약

태형이 부모님이 상담을 신청했습니다. 부모님은 태형이가 친구들과 잘 어울리지 못하고 모든 일에 항상 머뭇거리기만 해서 답답하고 걱정된다고 했습니다. 태형이는 처음 상담실에 들어왔을 때도 잔뜩 움츠러들어 있었고 말하는 것을 불편해했습니다. 그래서 몸을 움직이는 활동을 먼저 했습니다.

서로 발목을 붙이고 걷는 '발목을 붙여라' 활동을 했습니다. 발목에 아무것도 묶지 않은 채로 발목을 붙이고 나란히 이동하는 것입니다. 생각보다 쉽지 않습니다. 성공하기 위해서는 먼저 해야 할 일이 대화이지요. 서로 어떻게 이동할지 이야기를 나누지 않고는 목표 지점까지 갈 수가 없습니다. 이동하면서 발목이 떨어지면 처음부터 다시 시작해야 합니다. 이 활동을 하면서 태형이의 표정이 밝아지는 것을 느꼈습니다. 이어서 신문지를 말아서 서로 찌르고 싸우는 '종이칼 싸움'을 했습니다. 태형이는 아주 적극적으로 움직였습니다. 마주 앉았다가 손을 맞잡고 동시에 일어서는 '함께 일어서기' 활동도 했습니다. 그렇게 30분 정도 활동을 하면서 자연스럽게 이런저런 이야기를 나누고 첫 상담을 마쳤습니다.

두 번째 만났을 때 태형이는 슬그머니 노란 귤 두 개를 건넸습니다. 지난번 상담이 재미있었던 모양입니다. 저는 마치 제주도 감귤 농장을 통째로 선물받은 것만큼 기뻤습니다. 나중에 태형이 어머니에게 들으니, 태형이가 두 번째 상담을 기다렸다고 합니다.

태형이는 처음 만났을 때와는 다르게 자기 속내를 잘 표현했습니다. 처음 왔을 때는 상담에 거부감이 있었는데, 상담을 받고 나서 편견이 없어졌다고 했습니다. 흔히 '상담'이라고 하면 뭔가 큰 문제가 있어서 하는 것으로 인식됩니다. 그동안 문제 학생 선도 위주로 상담이 이루어졌기 때문에 생긴 선입견일 것입니다.

이제는 상담 방법이 우리 아이들 마음 높이에 맞게 바뀌어야 할 때인 것 같습니다. 상담은 아이에게 무엇을 요구하는 것이 아니라, 아이가 하고 싶은 이야기를 하게 해 주는 것에서 출발해야 합니다. 엄한 분위기에서는 하고 싶은 이야기가 나오기 어렵습니다. 먼저 재미있는 놀이로 출발하면 아이들 마음의 빗장이 쉽게 열리는 것을 볼 수 있습니다.

태형이에게 몇 가지 질문을 했습니다. 지금까지 살면서 두려워하거나 싫어하는 사람이 있는지 물었습니다. 조금 생각하는 듯하다가 친구 두 명의 이름을 적었습니다. 그동안 몇 번을 싸웠다고 했습니다. 그 친구들을 보면 기분이 안 좋아진다고 했습니다.

자신에게 괴물처럼 떠오르는 일이 무엇인지 물었습니다. 태형이는 손톱 물어뜯는 버릇을 이야기했습니다. 초등학교 1학년 때부터 손톱을 물어뜯었다고 합니다. 어느 순간 자신도 모르게 손톱을 물어뜯고 있으며, 점점 잦아진다고도 했습니다. 그때 기분이 어떤지를 물었습니다. 처음에는 잘 모르겠다고 하다가, 얼마 지난 후에 긴장할 때 손톱을 물어뜯는다고 했습니다. 상담을 하는 지금도 긴장이 된다고 했습니다. 자신도 모르게 긴장을 한다고 합니다. 태형이에게 긴장을 했을 때 떠오르는 게 있는지 물었습니다.

초등학교 1학년 때 자기 물건을 가지고 도망가는 형에게 돌을 던졌는데 형 머리에 맞아서 피가 난 적이 있다고 합니다. 병원에 가서 치료하는 과정에서 엄마와 형에게 너무나 미안했다고 합니다. 그 이후로는 누가 시비를 걸어도 절대로 먼저 주먹을 휘두르지 않는 습관이 생겼다고 합니다. 그래서 싸움을 할 때도 망설이게 된다고 합니다. 그럴 때마다 기분이 너무 답답하고 안 좋다고 했습니다.

지금도 그때 일을 떠올리면 너무나 두렵다고 합니다. 사실 고의가 아니었는데 말입니다. 어린 시절 무심코 던진 돌이 만들어 낸 사건이 어린 태형이 마음속에 두려움으로 자리 잡고 있었습니다. 그 영향으로 친구들과 지내면서 자연스럽지 못한 행동이 반복되고, 남을 크게 의식하다 보니 몸과 마음이 항상 긴장 상태에 있었던 것입니다. 태형이는 손톱이 거의 보이지 않을 정도로 물어뜯은 손을 슬그머니 내밀어 보여 주었습니다.

두려움은 마음속을 뛰어다니는 럭비공과 같습니다. 언제 어디로 어떻게 튈지 아무도 모르지요. 과거와 비슷한 상황이 되면 두려움은 위험 신호를 보내며, 감지된 신호는 어느새 행동으로 나타납니다. 태형이의 두려움은 긴장감으로 표출되고 있었습니다.

두려움은 누군가에게는 타인에 대한 공격으로, 또다른 이에게는 회피로 나타납니다. 두려움을 해소하기 위해 타인을 공격하거나 회피하면 두려움이 실재가 되어서 그것에서 벗어날 수 없게 됩니다. 점점 더 두려움의 늪으로 빠져듭니다.

태형이는 저와 발목 붙이고 걷기를 하고, 종이로 장난감 칼을 만들어 놀면서 자신을 그토록 긴장하고 힘들게 했던 두려움을 다른 감정과 마찬가지로 솔직하게 마주하게 됐습니다. 지금 이 순간에 당장 시작할 수 있는 작지만 재미있는 행동들은 두려움을 극복하는 데 아주 탁월한 효과를 발휘합니다. 두려움의 치료제는 행동입니다.

두려움은 우리에게 뭔가를 하지 못하게 하는 많은 이유를 만들어 냅니다. 그럴 때 두려움을 지도라고 생각하고 탐색을 시도해 봅니다. 두려움을 의식적으로 몸에서 떨어뜨려 바라보는 것입니다. 먼저 두려운 사람을 한 명만 적어 봅니다. 그러고 나서 가까운 거리를 산책하면서 그 사람을 왜 두려워하는지, 그 이유가 무엇인지 편안한 마음으로 질문해 봅니다. 그때 떠오른 생각에서 두려움을 이겨 낼 아주 작은 단서라도 잡히면 그 생각에 걸맞은 행동 한 가지를 정합니다. 실천은 꼭 거창하지 않아도 됩니다. 두려워하는 사람에게 먼저 말 걸어 보기와 같은 것에서 출발해 보는 것도 좋습니다.

두려운 대상에게 먼저 말을 걸어 보겠다고 마음먹은 날에는 평소 가장 좋아하는 옷이나 양말 등으로 자신에게 선물을 주고 기분 좋게 실천해 봅니다.

어릴 적 소중한 기억을 함께 떠올려 본다면

중학교 2학년 희경이는 매일 어머니와 다툰다고 합니다. 희경이는 수시로 학교와 학원을 무단으로 결석하고 비슷한 친구들과 어울려 지내는 이른바 문제 학생입니다. 성적도 바닥이라고 합니다. 이런 생활이 반복되다 보니 어머니도 이제 어떻게 할 수 없다며 저에게 도움을 요청했습니다.

희경이를 만나서 이야기를 들어 보았습니다. 희경이에게도 나름의 사연이 있었습니다. 희경이 동생은 장애를 가지고 태어났습니다. 부모님은 동생을 돌보느라 많은 시간을 썼고, 희경이는 어려서부터 걱정을 끼치지 않기 위해 모든 것을 알아서 했다고 합니다. 공부도 열심히 하고, 학교가 끝나면 일찍 집에 와서 동생을 돌보기도 하는 착한 딸이었다고 합니다. 그러다 보니 자연스레 부모님은 희경이에게 더 많은 것을 기대하고 요구하게 된 듯합니다.

희경이는 동생에게는 한없이 관대한 엄마가 자신에게는 아주 엄격한 것이 서러웠다고 합니다. 어려서부터 묵묵히 참아 왔지만 속으로는 불만이 쌓였고, 그것이 중학교에 들어오면서부터 밖으로 드러

났다고 합니다.

희경이에게 꿈이 무엇인지 물었습니다. 가수가 되고 싶다고 했습니다. 실용 음악과에 진학해 음악을 공부한 다음 많은 사람에게 희망을 심어 줄 수 있는 노래를 만들고 싶다고 했습니다. 희경이의 이야기를 듣고 있던 어머니는 희경이와 다투지 않을 수만 있다면 어떤 꿈이든 적극적으로 지원하겠다고 했습니다. 어머니와 딸은 상담을 하면서 마음에만 담아 두었던 미안함을 자연스럽게 나누었습니다.

언제나 '내 편'이었던 아이를 다시 만나고 싶은 부모라면 아이의 어릴 적 소중한 기억을 떠올려 보세요. 그곳에서는 무엇이든 잘하고 싶어 하는 아이의 가능성이라는 궁전이 반짝반짝 빛나고 있습니다. 그 궁전의 문은 두드리기만 하면 활짝 열리게 돼 있습니다. 어릴 적 소중한 추억을 잊지 마세요.

편안하게 눈을 감고 가장 어린 시절부터 떠올려 봅니다. 그때 하고 싶었던 것은 무엇인지, 그때 가장 좋았던 것은 무엇인지 생각해 봅니다. 그리고 지금의 나에게 질문해 봅니다. '내가 지금 꿈꾸는 것은 무엇인가?' 여러분의 어린 시절 꿈이 지금의 꿈과 이어지며 새로운 일을 시작하는 데 필요한 힘을 가져다 줄 것입니다.

잃어버린 반쪽과의 만남

수정이는 엄마가 싫다고 했습니다. "엄마는 자주 심한 욕을 했어요. 한 번 실수했다고 심하게 때리기도 했어요. 지금 생각해도 너무 억울해요."라고 말했습니다. 엄마라면 밥 정도는 제때 챙겨 줘야 하는 것 아니냐고 말하기도 했습니다.

수정이한테 엄마에게 편지를 쓰도록 했습니다. 수정이는 '엄마가 힘든 것은 다 알아. 나도 돕고 싶은데, 그것이 잘 안 돼.'라는 내용의 글을 썼습니다.

편지를 쓰고 난 후에 눈을 감고 다시 한번 옛날로 돌아가 엄마를 생각하게 했습니다. 엄마와 같이 있던 방, 수정이 자신이 있던 자리, 그리고 엄마의 표정……. 이어서 자신의 감정으로부터 자유로워지는 기법 중 하나인 영화관 기법으로 과거의 경험들을 마치 영화를 상영하듯이 말하는 시간을 가졌습니다. 그리고 다음과 같은 문장을 만들어 보도록 했습니다. "나는 비록 엄마가 때려서 무서웠지만, 그럼에도 불구하고 그런 나를 온전히 받아들이고 깊이 사랑합니다." 그런 다음 눈을 감고 이 문장을 다섯 번 말하도록 했습니다. 물론 진심으로요. 그리고 조금 시간이 지난 후 눈을 감고 다시 엄마를 생각해 보도록 했습니다. 수정이는 눈을 감은 채 엄마가 자신을 보고 운다고 했습니다. 수정이에게 엄마한테 다가가 보라고 했습니다. 엄마 품에 안겨 보라고 했습니다. 엄마 품에 안긴 수정이는 정말 포근하고 좋다고 했습니다. 무섭기만 했던 엄마가 울면서 자신을 바라보는 모습이 신기하다며 좋아했습니다.

수정이는 다른 사람에게 쉽사리 다가서지 못하는 아이였습니다. 그 이유는 어린 시절 부모를 두 가지 감정으로 받아들였기 때문입니다. 자신을 사랑하고 보살펴 주는 부모와 혼내고 때리는 무서운 부모를 분리해서 인식했던 것입니다.

부모에 대한 온전한 마음을 되찾기 위해서는 분리된 감정을 하나로 통합하는 과정을 거쳐야 합니다. 마음이 둘로 나뉠 때 아팠듯이 하나가 되는 과정에서도 아픔이 동반됩니다. 하지만 나뉘었던 마음이 하나가 될 때는 포근함과 위안을 얻을 것입니다. 수정이가 되살린 따뜻한 엄마 품처럼 말입니다.

중독

할머니 한 분이 상담실로 찾아왔습니다. 급한 마음에 연락도 없이 왔다고 하면서 손자 이야기를 꺼냈습니다. 요즘 손자가 학교에 안 나왔다고 합니다. 이야기를 안 해서 잘 몰랐는데 게임 중독 때문인 것을 뒤늦게 알았다고 합니다. 착했던 손자가 왜 이러는지 모르겠다면서 어떻게 하면 좋을지 하소연을 했습니다.

중학교 3학년 현수를 만났습니다. 약간 경계하는 듯한 기색이었지만 예상했던 모습과는 달랐습니다. 단정한 스포츠머리에 코끝이 오뚝하고 차분해 보이는 얼굴이었습니다. 함께 온 어머니가 밖에 나가고 나서 현수에게 "어떻게 왔니. 오기가 쉽지 않았을 텐데." 하고 물으니 살짝 웃으며 돈을 받았다고 했습니다. 궁금해서 얼마를 받았느냐고 물으니 2만원을 받았다고 했습니다. 그래서 "에이, 더 받아야지. 그 정도 가지고 움직이면 되니. 선생님이 아주 비싼 사람인데." 하면서 서로 웃었습니다. 아이들을 만나면서 느끼는 것은 첫 대화가 매우 중요하다는 사실입니다. 가볍고 웃을 수 있는 이야깃거리로 말문을 여는 것이 좋습니다. 현수에게 다음에 상담받으러 올 때는 어머니에게 5만 원 받으라고 농담을 했습니다.

현수와 팔씨름을 했습니다. 오른손은 다쳐서 힘을 못 쓴다고 해서 왼손으로 했습니다. 왼손 힘이 상당히 강해서 한참 동안 서로 이기려고 힘을 주었습니다. 우리 둘은 얼굴이 빨개졌습니다. 손을 놓으면서 마주 보니 저절로 웃음이 나왔습니다. 곧이어 자리에서 일어나 몸을 주로 많이 쓰는 '외다리 전투'와 '종이칼 싸움' 활동을 이어서 했습니다. 오래전부터 아는 사이인 것처럼 편하게 활동 규칙을 설명하면서 계산 없이 자연스럽게 이야기를 나누었습니다.

활동을 마치고 현수에게 느낌을 물었습니다. 재미있지만 약간 힘들다고 대답했습니다. 이어서 정말 해결하고 싶은 것이 무엇인지 물었더니, 종이에 "엄마랑 싸우는 것"이라고 썼습니다. 방금 쓴 문장을 다시 한번 읽게 한 다음 그것에 동그라미를 그리고는 화살표를 길게 빼서 느낌을 쓰게 했습니다. 화가 나고 짜증이 난다고 썼습니다.

'화'와 '짜증'에 대해서 이야기를 이어 나갔습니다. 현수는 게임하다가 잘 안 돼 친구와 싸운 일, 어릴 때 동생이 잘못했는데 엄마가 자기한테 화낸 일 등이 생각난다고 했습니다. 싸운 친구를 생각하면 지금 어떤 느낌이 드는지 물었습니다. 현수가 웃어 가면서 한참 동안 그 친구 욕을 하고 나서, 그 아이 때문에 엄마에게 잔소리를 듣게 된 것 같다고 말했습니다. '지금의 잘못된 나'는 바로 '그놈' 때문이라고 했습니다. 그러면서 게임이 생각난다고 했습니다. 게임 때문에 인생이 망했다고 했습니다. 스스로 '중독'이라는 단어를 사용했습니다.

어릴 때부터 이루고 싶었던 꿈을 물었더니 선생님이 되고 싶다고 합니다. 앞으로 게임하는 시간을 줄이고 좋아하는 탐정 소설을 많이 읽고 싶다고 합니다. 상담을 마치면서 느낌을 물었더니 재미있었다고 답했습니다. 웃으면서 게임을 끊을 수 있을 것 같다는 말도 덧붙였습니다.

중독은 의존의 가장 극단적 상태입니다. 특히 게임 과몰입 상태의 아이들은 게임을 마음의 가장 큰 안정제로 삼고 있습니다. 그래서 게임으로 얻은 심리적 안정을 깨는 사람이면 누구에게든 공격성을 보입니다. 주로 그 대상은 가장 가까이 있는 부모입니다. 그래서 게임 중독 아이들은 부모와 대립 관계인 경우가 많습니다. 부모와 아이의 대립은 부모의 잔소리가 원인이 되기도 하지만, 심리학에서는 어린 시절 애착 대상이던 엄마로부터 온전히 독립하지 못한 것과도 연관된다고 보고 있습니다. 그러니 부모 입장에서는 아이의 게임 중독을 끊을 방법만을 강구하기보다는 아이가 스스로 더 넓게 바라보고 다양한 것을 선택할 수 있도록 쾌적한 환경을 조성해 주는 것이 우선입니다.

살면서 스스로 내면을 바라보는 일은 결코 쉽지 않습니다. 그런데 자신의 몸을 그려 보는 단순한 작업이 의외로 새로운 자신을 발견하는 데 큰 도움이 됩니다.

일단, 두 사람이 함께 합니다. 한 사람이 미리 준비한 종이 위에 눕고 몸을 따라 선을 그립니다. 일어선 다음 선 안쪽에는 살면서 꼭 하고 싶었던 일, 바깥쪽에는 불안했던 일들을 적습니다. 그다음, 서로 쓴 내용을 가지고 이야기해 봅니다. 불안했던 경험들이 오히려 자신의 몸에 맞는 멋진 옷으로 탈바꿈하는 과정을 통해 자신감을 얻을 것입니다.

불안의 원인

명수가 삼촌과 함께 상담실에 왔습니다. 평소 알고 지낸 지인을 통해 삼촌이 상담을 의뢰한 것입니다. 작은 키에 체구보다 큰 바지와 셔츠를 입은 명수는 수줍음이 많은지 고개를 들지 못하고 계속 바닥만 내려다봤습니다.

아이들의 마음을 여는 데 놀이만 한 것이 없습니다. 몸을 움직이면 자연스레 마음이 따라옵니다. 먼저 명수와 팔씨름을 했습니다. 손을 잡고 힘을 주자 명수가 처음으로 숙였던 고개를 들면서 힘이 없다고 엄살을 부렸습니다. 그제야 굳게 다물었던 입술을 열고, 흰 이를 드러내며 웃음을 지었습니다. 두 번째 팔씨름을 할 때는 더 즐거워했습니다. 자리에서 일어나 발등 밟기를 할 때는 박장대소를 하며 발 빠르게 움직였습니다. 맨 처음 상담실에 들어오면서 움츠려 있던 모습은 어디에도 없었습니다.

표정이 환해진 명수에게 기분을 물어보았습니다. 기분이 좋고 기쁘다고 했습니다. 지금 가장 바라는 일이 무엇인지 물었습니다. 자유가 있으면 좋겠다고 했습니다. '자유'에 어떤 의미가 있는지 물었습니다. 학원에 가느라 못 놀아서 자유를 가지고 싶다고 했습니다. 만약 자유가 생기고 성공이 보장된다면 하고 싶은 일이 무엇인지 묻자 해군사관학교에 가는 것이라고 답했습니다. 군인은 정말 멋있다고도 했습니다. 자신이 어릴 적에 사촌 누나가 군인과 결혼했는데 참 보기 좋았다고 했습니다. 군인이 되면 누가 제일 좋아할 것 같은지 물었습니다. 부모님이 좋아할 것 같다고 했습니다.

명수는 현재 아빠와 살고 있습니다. 어릴 적에 부모님이 이혼을 했다고 합니다. 명수에게 살면서 도움받은 사람을 물었습니다. 할머니와 누나라고 했습니다. 삼촌과 같이 살았을 때는 할머니가 정정하셨는데, 지금은 연세가 많으셔서 걱정이 많이 된다고 했습니다. 반대로 힘들게 하는 사람은 누구인지 물었습니다. 집에 있는 동생이라고 했습니다.

명수에게 헌 잡지를 몇 권 주고 그중에 마음에 드는 사진을 고르게 했습니다. 여러 장을 두고 고민하더니 군인이 총을 들고 전장에서 싸우는 모습이 담긴 영화 포스터를 뽑았습니다. 왜 그것을 뽑았는지 물었습니다. 자신이 원하는 자유와 평화를 위해 싸우는 장면 같아서 좋다고 했습니다. 사진에 나오는 전쟁 영화를 본 적이 있고, 장래에는 영화에 나오는 군인처럼 되고 싶다고 했습니다.

명수는 상담을 마치면서 멋진 군인이 되기 위해서 앞으로 수업을 열심히 듣겠다고 다짐했습니다. 상담하러 오기를 정말 잘했다며, 불안하고 긴장했던 것들이 많이 사라졌다고도 했습니다.

아기는 엄마가 보이지 않을 때 가장 불안해한다고 합니다. 엄마가 없는 위험한 상황을 알리기 위해 울음을 터트린다고 합니다. 자라면서도 역시 아이들의 가장 큰 불안은 엄마의 부재입니다. 명수는 엄마가 없어서 힘든 상황을 누구에게도 말하지 못하고 불안을 혼자 억누르며 지냈습니다. 그리고 어느새 주변의 시선 때문에 소리 내어 울 수 없는 청소년 시기를 맞이했습니다. 청소년기가 되면 힘들고 아파도 소리 내어 울지 않기 때문에 더 많은 관심이 필요합니다.

자신감의 회복

처음 만났을 때 정원이는 자신감이 많이 떨어져 보였습니다. 그 점 때문에 부모님이 많이 걱정했습니다. 정원이는 상담실에 와서도 줄곧 고개를 숙이고 있었는데, 가끔 고개를 들 때 보이는 눈동자가 참 불안해 보였습니다. 정원이는 불안한 상황에 놓이면 어김없이 눈을 살짝 들었다가 다시 고개를 숙였습니다. 그때마다 표정이 눈에 띄게 어두워졌습니다.

상담을 시작하기 전에 과제를 내주었습니다. 한 시간 정도 자신과의 시간을 갖는 것이었습니다. 그리고 자신의 과거에 대해 글을 써 오라고 했습니다. 자신을 되돌아보고 그 과정을 글로 쓰면 분명한 보상이 따릅니다. 상처를 가진 사람은 이 과정을 통해 자가 치료법을 갖게 되는 것이지요.

첫 번째 상담에서 정원이는 중학교 시절 이야기를 많이 했습니다. 사춘기 시절 말썽을 피우다가 인생을 망쳤다고 생각하고 있었습니다. 자신의 막된 행동이 고스란히 자신에게 돌아온다는 것을 깨달았다고 했습니다. 방탕했던 하루하루가 한심하지만 그래도 중학교를 졸업한 것에 그나마 만족한다며 홀가분하다고 했습니다. 과거의 방탕했던 행동에 대해서는 구체적인 언급을 피했습니다. 특히 가족에 대해 이야기하기를 힘들어했습니다.

두 번째 상담에서는 좋아하는 것에 대해 이야기를 나누었는데, 주로 운동 이야기를 많이 했습니다. 첫 번째 시간과 달리 '재미'라는 단어가 등장했습니다. 초등학교 때 학력상을 받은 것 그리고 유기견을 후원한 것 등 자신이 잘한 일에 대해서도 언급했습니다. 운동을 하면 몸이 가뿐해지고 마음 상태도 좋아져서 친구들과 이야기를 할 수 있으니 좋다고 했습니다. 그리고 규칙적으로 운동을 하다 보니 다른 활동도 규칙적이고 계획적으로 해 보고 싶어진다고도 이야기했습니다.

세 번째 상담에서는 정원이에게서 자신감 없고 불안한 모습을 찾아볼 수 없었습니다. 표정과 태도가 한결 편안해진 정원이와 '발목을 붙여라' 활동을 했습니다. 서로 대화하고 신뢰를 해야 성공할 수 있는 활동입니다. 정원이는 어색해하면서도 재미있어했습니다. 성공한 후에 정원이 얼굴에 웃음꽃이 번졌습니다.

정원이에게 해결하고 싶은 문제가 있는지 물었습니다. 친구들과 잘 어울렸으면 좋겠다고 했습니다. 친구를 생각하면 무슨 느낌이 떠오르는지 물었습니다. 걱정스럽다고 했습니다. 어릴 때부터 품어 온 걱정 두 가지를 꼽아 보라고 했더니, '가족'과 '성격'이라고 대답했습니다.

정원이는 부모님의 이혼으로 보호막이 무너지는 것을 경험했다고 합니다. 중학교 시절 낯선 곳에서 혼자 생활한 적도 있다고 했습니다. 그 일로 자신감이 많이 떨어졌고 처음 보는 아이들을 어떻게 대해야 할지 모르는 소극적인 성격 때문에 걱정이 많았다고 합니다.

정원이는 앞으로는 다른 사람에게 먼저 다가가겠다고 다짐했습니다. 하고 싶은 것을 하면서 행복하게 지냈으면 좋겠다고도 했습니다. 앞으로 행복해지기 위해서 많이 웃겠다고 약속했습니다.

미국의 저명한 심리학자 나다니엘 브랜든은 "자신감은 가지고 태어나는 것이 아니라 후천적으로 습득되는 하나의 기술"이라고 말했습니다. 자신의 장점을 인식하는 태도는 자신감을 회복하는 데 매우 중요하며, 그 자신감은 타인의 감탄에 의해 강화된다고 강조했습니다.

후천적 기술의 하나인 자존감을 습득하는 법을 소개합니다. 조용한 장소에 홀로 앉아, 스스로 자랑스러워하는 열 가지 일을 써 봅니다. 예를 들어 '초등학교 때 포도나무를 심어서 매년 포도를 따 먹었다.' '중학교 때 기타를 배웠다.' 등과 같은 목록을 책상 앞에 붙여 놓고 자주 봅니다. 이 목록은 힘들고 부정적인 생각이 자신을 지배하려고 할 때 진정 의미 있는 삶의 방향이 어느 쪽인지 안내해 주는 나침반이 될 것입니다.

비범한 일을 가능하게 하는 책임감

착한 아이인데 공부에는 도통 관심이 없다며 승미 부모님이 상담을 요청했습니다. 상담실에 나타난 승미는 머리 모양이 아주 특이했습니다. 처음에는 몰라봤는데 이야기를 나누다 보니 한쪽은 아주 긴 생머리이고 다른 한쪽은 단발머리였습니다. 이유가 궁금했지만 묻지 않았습니다. 승미의 자세가 한쪽으로 약간 기울어진 것이 머리 모양과 잘 어울린다 싶기도 했습니다.

딱딱한 분위기를 바꾸기 위해 먼저 놀이를 했습니다. 재미있는 벌칙을 쓴 종이를 무작위로 고른 다음 가위바위보를 해서 진 사람이 그 벌칙을 받는 놀이를 했습니다. 승미는 "대한민국 만세!"를 다섯 번 외치는 벌칙과 상대방의 어깨를 주물러 주는 벌칙을 수행하면서 아주 재미있어했습니다. 환하게 웃으니 하얀 얼굴이 더 밝아 보였습니다.

놀이를 마치고 자리에 앉아서 가장 해결하고 싶은 문제가 무엇인지 물었습니다. 승미는 종이에 지금보다 더 성장하고 싶다고 썼습니다. 그 문장에 동그라미를 그리고 느낌을 쓰게 했습니다. '생기가 도는, 가슴 뭉클한, 든든한, 걱정스러운' 등 여러 감정 표현을 넣어서 글을 써 내려갔습니다.

아이들은 보통 긍정적이거나 부정적인 느낌 중 한쪽을 적는데, 승미는 상반된 두 가지 감정을 모두 적었습니다. 승미가 쓴 글을 놓고 각각의 느낌에 대해 이야기를 나누었습니다. 방송 작가가 되고 싶다는 꿈을 가졌을 때, 부모님이 자신을 믿는다고 말했을 때, 글쓰기 대회 준비를 할 때 든든하거나 생기가 도는 긍정적인 느낌을 받는다고 했습니다. 성적이 잘 안 나올 때, 자신이 믿음직스럽지 못할 때 반대되는 느낌을 받는다고 했습니다.

승미는 중학교 때 방황을 했다고 합니다. 초등학교 때는 부모님의 사랑을 듬뿍 받고 공부도 꽤 잘했다고 합니다. 어린 시절 가장 행복했던 기억을 물었더니, 아빠와 놀이공원에 갔던 일이라고 답했습니다. 이후 가정 형편이 힘들어지면서 부모님이 맞벌이를 하게 됐고, 자신이 집안일을 도맡으면서 엄청난 스트레스를 받았다고 합니다. 특히 동생들을 돌보면서 공부까지 가르치는 것이 많이 힘들었다고 합니다. 그래도 그 시기를 잘 극복했어야 하는데 그러지 못했다면서 아쉬워했습니다.

승미는 집에서 감당하기 버거운 책임 때문에 힘들어했습니다. 얼마 전 수능을 마친 어떤 아이에게 부모님한테 꼭 하고 싶은 말이 무엇인지 물었을 때, 자신에게 동생을 맡기지 않았으면 좋겠다고 이야기하는 것을 듣고 웃었는데, 승미 말을 듣고 보니 그 아이에게는 정말 간절한 소망이었겠다는 생각이 문득 들었습니다. 저는 책임감이 마음을 괴롭힐지 몰라도, 그 책임감이 비범한 일을 가능하게 하리라는 한 철학자의 말을 승미에게 전했습니다.

승미에게 꿈을 물었습니다. 승미는 방송 작가가 되고 싶다고 했습니다. 등록금 부담이 적은 국립 대학 문예창작과에 가고 싶다는 이야기도 덧붙였습니다. 꿈을 이루기 위해 글쓰기를 게을리하지 않고, 계획에 따라 입시 공부를 하겠다는 약속도 했습니다. 이야기를 나누며 자신의 목표를 새삼 확인할 수 있었고, 실천의 중요성을 느낄 수 있었다고 말하면서 상담을 마쳤습니다.

가족이 행복해지는 비결은 소통에 있습니다. 가족이 재미있게 소통하는 방법을 소개합니다. 저녁을 먹고 온 식구가 식탁에 둘러앉아서 가족이 행복해지기 위한 열 가지 요소를 적습니다. 이어서 행복에 방해가 되는 요소 열 가지도 적어 봅니다. 그런 다음 각자 쓴 것에서 공통된 요소를 추려서 행복한 가정을 위한 다섯 가지 요소를 만듭니다. 이것을 실천하기 위해 저마다 맡아야 할 역할을 말해 봅니다. 써 놓은 것은 냉장고 문에 붙여 놓고 주 1회 주기로 가족회의를 열어 실천 여부를 확인합니다. 이때, 아이의 의견이 모든 과정에 충분히 반영되도록 해야 합니다.

문제는 사랑의 결핍에서 시작된다

상담을 하면서 절실히 깨닫는 것은 아이들마다 모두 다른 상처를 가지고 있다는 사실입니다. 상처가 만들어지는 시기도 다르며, 그로 인해 겪는 고통도 다 다릅니다.

해외 유학을 다녀온 후 학교생활에 적응하지 못하고 겉도는 아이를 만났습니다. 초등학교 때는 공부도 잘하고 친구도 많고 쾌활한 아이였는데 지금은 가족과 도무지 대화가 되지 않는다며 어머니가 직접 상담을 요청했습니다. 최근에는 흡연으로 학교에서 징계를 받았다고 합니다.

상담실로 들어오는 충식이의 표정은 의외로 밝았습니다. 우리는 팔씨름을 하고 나서 '꿈 나르기' 활동을 했습니다. 두 사람이 반으로 가른 30센티미터 정도 길이 파이프의 양쪽을 잡고서 목표 지점까지 가는 활동입니다. 파이프 위에 올려놓은 구슬을 떨어뜨리지 않아야 하기 때문에, 서로 보조를 맞추지 않으면 성공할 수 없습니다. 활동을 시작하기 전에 구슬을 자신의 꿈이라고 생각하도록 했습니다. 우리는 몇 번 실패를 하고 나서야 성공을 할 수 있었습니다. 충식이는 함성을 지르며 좋아했습니다. 항상 느끼는 것인데, 아이들은 몸을 움직이면서 놀이를 하면 생기가 돕니다. 그 순간에 밝은 에너지를 발산하고, 감정도 편해지고, 태도까지 좋아집니다.

충식이에게 간절히 해결하고 싶은 것이 있는지 물었습니다. 한참을 생각하다가 "담배를 끊고 공부도 잘하고 싶어요. 친구가 있으면 좋겠어요."라고 답했습니다. 진로 문제도 고민이라고 말했습니다. 각각의 문제에 대한 느낌과 생각을 적어 보라고 했습니다. 담배를 생각하면 우울하다고 했습니다. 공부를 생각하면 답답하고, 친구 문제를 생각하면 불편하다고도 했습니다.

가장 답답하고 우울했던 적은 언제였는지 물었습니다. 초등학교 시절 미국에 갔을 때라고 했습니다. 말도 안 통하고 친구도 없어서 너무 외롭고 답답했다고 합니다. 그곳에서 살던 텅 빈 집을 생각하면 지금도 가슴이 답답해지고 우울해진다고 했습니다.

인간의 모든 문제는 사랑에서 시작된다고 합니다. 충식이는 타국에서 사랑을 받지 못한 채 고통을 받으며 어린 시절을 보냈습니다. 충식이의 고통은 유학에서 돌아와서도 계속되었습니다. 언어 능력 부족으로 공부에 자신감이 떨어지고, 그로 인해 친구들과 어울리는 데도 어려움을 겪고 있었습니다. 시간이 지날수록 점점 공부와 학교생활이 힘들어지고, 그로 인해 담배도 피우게 되고, 선생님과 부모님과의 관계가 불편해지는 악순환이 이루어지고 있었습니다. 사랑받고 싶은 마음이 충족되지 못한 채 충식이는 흡연이나 친구와의 다툼 등 삐뚤어진 방식으로 자신을 드러내고 있었던 것입니다.

화제를 바꿔서, 충식이에게 제일 하고 싶은 일이 무엇인지 물었습니다. 경찰이 됐으면 좋겠고, 부자도 되고 싶다고 했습니다. 성공했을 때 누가 가장 좋아할 것 같으냐고 물었더니, 아빠와 엄마라고 답했습니다. 자신이 원하는 게 다 이루어진다면 정말 기분이 좋을 것 같다면서 환하게 웃었습니다.

성공하기 위해 당장 실천할 수 있는 게 무엇인지 물었습니다. 방학 때 학원에 가서 잠자지 않고, 집에서도 조금씩 공부를 할 거라고 했습니다. 공부하는 모습을 사진으로 찍어서 보내 달라고 충식이에게 다짐하면서 상담을 마쳤습니다.

내 힘으로는 어쩔 수 없습니다

영수 생각이 자주 납니다. 영수를 생각하면 대견하기도 하고, 마음이 울적하기도 합니다. '나 같으면 어떻게 했을까?' 하는 생각도 해봅니다.

영수는 게임 때문에 힘들어하는 아이였습니다. 상담실에 들어온 영수는 자리에 앉아 바닥만 내려다볼 뿐, 묻는 말에 거의 대답을 하지 않았습니다. 기분이 어떤지 물어보아도 대답 없이 살짝 고개만 들려다 말았습니다. 팔꿈치를 무릎에 대고 최대한 몸을 구부린 채 가만히 있는 영수와 대화를 이어 가기가 쉽지 않았습니다. 그래서 "오늘은 말하는 것이 불편한 모양이구나. 네가 편할 때 다시 만나자."라고 말했습니다. 전화번호와 메일 주소가 적힌 명함을 주면서 만나고 싶은 날 다시 연락하라고 했습니다.

영수에게 혹시 상담하러 다시 오고 싶은데 말로 하는 것이 불편하면 글로 써 와도 된다고 했습니다. 되도록 많이 걷고 난 후에 쓰고, 과거와 현재와 미래에 대한 생각을 떠오르는 대로 자유롭게 쓰면 된다고 했습니다. 잘 쓰고 못 쓰고도 상관없고, 그냥 편안하게 있었던 사실에 대한 생각과 느낌을 쓰면 된다고 말해 주었습니다. 가만히 듣고 있던 영수가 고개를 살짝 들고는 알겠다고 대답했습니다.

일주일이 지났을 때 문자가 왔습니다.

"저, 지난번 상담했던 영수인데요. 오늘 몇 시에 가면 되나요?"

그렇게 영수를 다시 만났습니다. 자리에 앉은 영수는 편지 봉투를 내밀었습니다. 봉투를 열어 보니 연필로 쓴 글이 노트 세 장에 빽빽했습니다. 조용히 글을 읽다 보니 마음이 아프고 저도 모르게 눈시울이 붉어졌습니다.

영수는 두 살 때 엄마와 헤어졌다고 합니다. 아주 어렸을 때는 엄마가 보고 싶었지만 시간이 지나면서 보고 싶은 마음도 점점 덜해졌다고 합니다. 초등학교 시절에는 새엄마와 살았는데, 잔소리가 많아서 싫어했지만 그 덕분에 생활 태도가 잡혔다고 했습니다. 초등학교 6학년 때부터 중학교 때까지는 게임에 빠져 살다 보니 성격이 어두워졌고, 점점 말을 안 하게 됐다고 합니다. 아빠는 게임만 하는 영수를 혼내기도 했지만 이해하려고 많이 노력해 주었다고 합니다. 아빠는 "억지로 공부하면 안 된다. 스스로 하면 잘될 거야."라며 늘 자신감을 북돋아 주었다고 했습니다. 중학교 3학년 때 중국어 시험에서 90점을 받았을 때, 아빠가 아주 좋아하며 칭찬해 준 일도 이야기했습니다. 그러던 어느 날 아빠가 병명도 모른 채 갑자기 돌아가셨다고 했습니다. 영수는 "아빠가 아프다고 했을 때 병원에 가 보지 않은 게 정말 후회스러워요. 아빠가 정말 보고 싶어요."라며 눈물을 흘렸습니다.

아빠가 돌아가시고 나서 따로 떨어져 살던 엄마와 살게 됐다고 합니다. 요즘 새아빠와 살고 있는데 자신을 다른 애들과 비교하고 게임 하는 것을 싫어하며 인간적으로 대하지 않는 것 같다고 했습니다. 게임을 하지 않겠다는 약속을 몇 번 어긴 탓에 새아빠가 이제는 자신을 믿지 않는 것 같다면서 속상해했습니다. 예전에는 학교 가는 게 싫었는데 요즘은 집에 있기가 불편해서 오히려 학교 가는 게 더 좋다고 합니다. 하지만 시간이 지나면 다 괜찮아질 것 같다고 했습니다.

영수의 꿈은 컴퓨터 프로그래머입니다. 앞으로 꿈을 이루기 위해 살을 빼고, 공부를 열심히 하겠다고 했습니다. 상담을 하면서 꿈이 더 뚜렷해졌으며 지금보다 더 발전할 수 있다는 자신감이 생겼다고 좋아했습니다.

영수와 상담을 마치고 돌아오면서 미국의 어느 알코올 중독자 모임에 쓰이는 12단계 프로그램이 생각났습니다. 그 첫 단계가 "내 힘으로는 어쩔 수 없습니다."라고 인정하는 것이라고 합니다. 게임 중독도, 사랑받고 싶은 욕구도 영수의 힘으로는 어쩔 수 없다는 생각이 들었습니다.

삶을 있는 그대로 받아들이고 변화되기를 원한다면, 일주일에 한 시간 정도를 자신에게 선물해 보기 바랍니다. 혼자 한적한 곳을 찾아갑니다. 그리고 자신에게 가장 믿음직한 친구가 있다고 가정합니다. 그 친구가 나무여도 좋고, 커피여도 좋습니다. 그리고 친구와 대화를 나눈다고 생각하면서 어린 시절부터 가장 듣고 싶어 하는 이야기를 편지 형식으로 써 봅니다. 과거와 현재의 상황을 깊게 이해하게 되면서 굳어 있던 몸과 마음이 유연해지는 것을 경험할 수 있습니다.

인생은 사랑에서 시작된다

　학교 운동장 한쪽에 벚꽃이 활짝 피었습니다. 하얀 벚꽃들이 종알거리듯 아이들도 삼삼오오 모여 깔깔거리며 웃습니다. 온 세상이 행복해 보이는 계절에 선생님 한 분이 반 아이의 상담을 요청했습니다. 친구들과 잘 어울리지 못하고 힘들어한다고 했습니다.

　단정한 교복 차림에 짧은 커트 머리를 한 지은이가 상담실에 왔습니다. 고등학교 1학년치고는 꽤 키가 컸습니다. 어색해하는 지은이에게 백 원짜리 동전이 있는지 물었습니다. 없다고 해서 제가 책상에서 동전을 꺼냈습니다. 그런 다음 눈을 감으라고 했습니다. 동전으로 책상 스치는 소리를 내다가 한쪽 손에 동전을 숨기고 어느 손에 동전이 있는지 맞혀 보라고 했습니다. 지은이가 손가락으로 슬며시 오른손을 가리켰습니다. 지은이에게 제 오른손을 뒤집어 보라고 했습니다. 처음에는 건성으로 하다가 제가 힘을 주니 지은이도 양손으로 힘을 주면서 제 손을 뒤집었습니다. 뒤집힌 손 안에서 동전이 나오자 지은이가 "와!" 하며 큰 소리로 웃었습니다. 서로 번갈아 가면서 같은 놀이를 반복한 후에 기분을 물었더니 즐겁다고 했습니다.

곧이어 살면서 즐거웠던 경험들에 대해 이야기 나누었습니다. 지은이는 밝은 얼굴로, 엄마에게 졸라서 쌀국수를 먹으러 가는 길에 친구를 만나 셋이서 같이 식당에 갔을 때 정말 즐거웠다고 했습니다. 집에서 키우는 강아지를 씻기거나 꾸며 주면 스스로 예뻐진 줄 알고 평소보다 애교를 더 부리는데 그때 행복하다고 했습니다. 또 가족 여행 갔을 때도 즐거웠다고 했습니다. 행복할 때를 떠올리면서 주로 가족 이야기를 했습니다.

지은이에게 방금 말한 것을 종이에 쓰도록 했습니다. 그런 다음 다시 읽어 보라고 하고 그 느낌을 물었습니다. 행복하다고 했습니다. 그러면서 엄마랑 시간을 좀 더 보내고 싶고 지금도 예전처럼 놀러 가고 가족과 시간을 더 보내고 싶다고도 했습니다.

기억하고 싶지 않은 것에 대해서도 물었습니다. 갑자기 표정이 어두워지더니 지은이가 고개를 숙였습니다. 머리카락 사이로 보이는 볼에 눈물이 흘러내렸습니다. 엄마와 아빠가 싸웠을 때 자기는 엄마 편을 들어 주었는데, 엄마가 나중에 거짓말을 한 것을 알고 정말 속상했다고 했습니다. 그리고 아빠가 자기 뺨을 때렸을 때는 죽고 싶었다고 했습니다. "학교에서 선생님이 내 자존감이 바닥이라고 하셨을 때도 정말 힘들었어요."라는 말도 했습니다. 그 내용을 종이에 적게 했습니다. 그리고 조금 있다가 기분을 다시 물었습니다. 서럽다고 했습니다. 아프고 외롭다고도 했습니다.

지금 자신을 힘들게 하는 것이 무엇인지 물었습니다. 부모님 때문에 마음이 많이 아프다고 합니다. 지은이는 어린 시절에 겪은 부모님의 이혼으로 심한 외로움을 겪고 있었습니다. 외로움은 점점 다른 사람과의 접촉을 막으며 자신과의 접속도 방해하고 있었습니다. 쾌활한 것처럼 보이려고 애쓰지만 '가족'이라는 말을 할 때마다 눈물 흘리는 모습을 보면서 마음이 아팠습니다.

지은이를 불편한 감정으로부터 벗어나게 하는 감정 치유 활동을 했습니다. 먼저 "나는 비록 부모님의 불화로 마음이 아프지만, 그럼에도 불구하고 그런 나를 온전히 마음속 깊이 사랑합니다."라는 문장을 써서 다섯 번 소리 내어 읽게 했습니다. 그리고 기분을 물었습니다. 싱숭생숭하다고 했습니다. 다시 눈을 감은 다음 무슨 생각이 나는지 물었습니다. 아프고 외롭다고 했습니다.

계속해서 외롭고 아프게 살다 보면 어떻게 될지 질문했습니다. 사람들을 만날 때마다 움츠러들고 용기를 잃어버릴 것 같다고 했습니다. 어떻게 하면 움츠러든 마음으로부터 벗어날 수 있을지 해결책을 찾아보자고 했습니다. 먼저 사람들과 웃으며 이야기하겠다고 했습니다. 그리고 좋아하는 친구들을 만나고, 외로우면 자기가 좋아하는 강아지를 포근하게 안아 주겠다고 했습니다.

이어서 관점을 바꿔서 자기를 바라보자고 권하며, 마흔 살의 지은이가 지금의 지은이에게 편지 쓰는 활동을 해 보았습니다. 지은이는 자신에게 현명한 조언을 건넸습니다.

울고 싶을 때 참지 마. 힘들 땐 혼자 해결하려 하지 말고 엄마와 대화로 해결해 봐. 너를 믿고 사랑하는 사람들에게 웃음이 많은 아이로 기억되렴. 외롭다고 생각될 때는 산책을 하거나 강아지도 길러 보고 식물들도 키워 보아라.

지은이의 꿈은 좋은 '엄마'와 '아내'가 되는 것이라고 합니다. 항상 온 가족이 함께 저녁을 먹고, 아이가 학교 갔다 오면 그날 겪은 일에 대해 대화를 나누고, 같이 자전거도 타고 요리도 하면서 사는 게 꿈이라고 합니다. 그러면 외롭지 않고 행복할 것 같다고 했습니다. 단란한 가정이 한없이 그립다는 지은이가 어려움을 이겨 냈으면 좋겠다고 생각했습니다.

울고 싶고 힘이 들 때 언제든지 꺼내 쓸 수 있는 행복한 이미지 창고를 만들어 놓으면 도움이 됩니다. 개인적으로 의미 있고 가치 있었던 물건을 세 가지 정하고 그것을 보면 어떤 감정이 생기는지 써 봅니다. 쓴 내용을 가지고 조용히 산책을 합니다. 적은 내용을 수첩에 넣고, 삶의 감각을 잃어버리고 외로울 때 다시 꺼내어 봅니다. 좀 더 편안하고 행복한 자신과 접속할 수 있을 것입니다.

부모에게 결코 듣고 싶지 않은 말

평소 알고 지내던 상담 선생님에게 급하게 상담 요청을 받았습니다. 매일 상담실과 보건실에 와서 복통을 호소하는 아이가 있는데, 병원에서는 특별한 증상이 없다는 진단을 받았다고 했습니다. 담임 선생님과 상의한 뒤에 아이 부모님과 통화를 했는데, 왜 자기 아이가 상담을 받아야 하는지 모르겠다며 냉담한 반응을 보였다고 합니다. 상담 선생님은 어떻게 해야 할지 난감하다며 저에게 상담을 요청했습니다.

중학교 3학년 민지는 체크무늬 리본 넥타이에 단정한 교복 차림으로 나타났습니다. 얼굴에는 엷게 화장을 한 듯 보였습니다. 다급한 상담 요청이라 조금 긴장했지만, 민지는 생각과 달리 밝고 영특해 보였습니다. 약간 어색한 웃음을 보이는 민지와 동전 찾기를 비롯해서 몇 가지 활동을 마치고 기분이 어떤지 물어보았습니다. 상담하러 오기 전까지는 당황스러웠는데, 막상 와 보니 재미있다고 말했습니다.

민지에게 살면서 가장 재미있었던 일에 대해 물었습니다. 민지는 춤출 때 재미있다고 했습니다. 특히 자신이 춤추는 모습을 보고 부모님이 칭찬했을 때 정말 좋았다고 했습니다. 음악 듣는 것과 맛있는 음식 먹는 것을 즐긴다고 했습니다. 먹는 걸 워낙 좋아해서 초등학교 때 몸무게가 75킬로그램이나 나갔다가 다이어트를 해서 엄청 살을 뺐다는 말을 덧붙였습니다.

당황스러웠던 적은 언제인지 물었습니다. 엄마 아빠가 이혼한다고 했을 때, 가족에게 일어난 일을 자기만 모르다가 나중에 알게 되었을 때, 그림을 그리고 싶었는데 갑자기 하지 못하게 되어서 주변 사람에게 동정을 받았을 때 정말 싫었다고 합니다. 가장 걱정되는 일을 한 가지 선택하게 했습니다. 부모님의 이혼이라고 했습니다. 민지 부모님은 몇 년째 별거 중이라고 했습니다. 별거 후 이혼 얘기를 들을 때마다 소화도 안 되고 아무 일에도 집중이 안 된다고 했습니다. 그래서 그 상황을 놓고 감정 조절 연습을 했습니다. "나는 비록 엄마와 아빠가 이혼한다고 하셨을 때 당황했지만, 그럼에도 불구하고 그런 나를 온전히 마음속 깊이 사랑합니다."라는 문장을 여러 번 말하게 했습니다. 그런 다음 느낌을 물었습니다. 자신은 감정 기복이 심하지 않아서 그냥 아무런 변화가 없다며 무표정하게 말했습니다. 그렇게 계속해서 감정 변화 없이 무심하게 살다 보면 어떤 대가를 치르게 될지 다시 물었습니다. 혼자만 너무 힘들 것 같고, 행복하지 않으며, 자신을 감추고 생활할 것 같다고 했습니다.

민지에게 살면서 가장 도움받은 사람을 써 보라고 하자, 오빠와 미술을 가르쳐 준 선생님을 썼습니다. 반대로 해로운 사람으로는 몇몇 주변 사람과 부모님이라고 작은 글씨로 썼습니다. 그렇지만 자기가 세계적 안무가가 되는 꿈을 이루었을 때 가장 좋아해 줄 사람이 부모님이었으면 좋겠다고 했습니다.

민지는 상담을 통해 자신에게 좀 더 솔직해질 수 있었고, 특히 자신을 응원하는 법을 배워서 좋았다는 말을 하고 돌아갔습니다. 부모의 이혼 문제로 불안해하고 힘들어하는 민지의 뒷모습을 오래 바라보면서, 부모가 싸우지 않고 살 수는 없겠지만 아이들 앞에서는 말이나 행동에서 일정한 선을 지키는 평화 협정이 가정마다 있었으면 좋겠다는 생각을 해 보았습니다.

아빠랑 목욕탕 가는 게 소원이에요

중학교 3학년 대원이는 담임 선생님이 직접 상담을 의뢰한 아이입니다. 조금씩 나아지고는 있지만 친구들을 자주 괴롭힌다고 했습니다.

상담실에 들어오는 대원이를 보고 깜짝 놀랐습니다. 머리를 온통 노랗게 물들이고, 셔츠 단추 두 개나 풀고, 눈에는 힘이 잔뜩 들어가 있었습니다. 대원이를 자리에 앉게 한 다음 음료와 초코파이를 주었습니다. 간식을 먹으면서 이런저런 이야기를 나누다가 살짝 팔을 내밀며 팔씨름을 하자고 제안했습니다. 대원이가 슬그머니 손을 잡으면서 "저는 운동을 했지만 손힘이 약해요."라고 엄살을 부렸습니다. 오른손과 왼손을 바꾸어 가며 팔씨름을 하는 동안 거칠어 보였던 대원이 표정이 조금 누그러졌습니다.

대원이에게 자서전을 쓰는 시간을 가져 보자고 했습니다. 타임머신을 타고 과거로 돌아갔다고 가정하고, 어린 시절에 관해 하고 싶은 이야기가 있는지 물었습니다. 대원이는 조금 망설이다가 천천히 이야기를 꺼냈습니다. 태어나자마자 많이 아파서 가족들이 많이 걱정을 했으며, 어린 시절에는 할머니와 함께 살았다고 합니다. 초등학교 시절에는 엄마에게 자주 혼이 났다고 합니다. 저학년 때는 애들한테 괴롭힘을 많이 당했는데, 고학년이 되어 태권도를 배운 뒤에는 오히려 아이들을 자주 때렸다고 말했습니다. 중학교에 들어와서는 허세를 부리고 엄청 많이 까불고 다녔으며, 그때 비슷한 아이들과 어울리면서 술과 담배를 배웠다고 했습니다. 그래도 3학년이 된 뒤 운동에 집중하면서 반성도 많이 하고 싸움도 하지 않게 되었다고 했습니다.

과거 이야기를 하고 나서 기분이 어떤지 물었습니다. 개운하다고 했습니다. 살면서 가장 개운한 느낌이 들었던 일에 대해서 물었습니다. 태권도 대회에 나갔을 때, 처음 아르바이트를 해서 엄마에게 용돈을 드렸을 때, 이성 친구를 사귀었을 때를 이야기했습니다. 반대로 답답했던 때를 묻자 사고를 쳐서 부모님이 학교에 불려 왔을 때, 운동하다 부상당했을 때, 이성 친구와 헤어졌을 때를 꼽았습니다.

대원이에게 어린 시절로 돌아간다면 하고 싶은 일이 있는지 물었습니다. 대원이는 고개를 숙인 채 "엄마랑 아빠랑 형이랑 놀러 가고 싶고요. 아빠랑 목욕탕 같이 가고 싶어요."라고 말했습니다. 그랬다면 조금이라도 더 공부를 했을 것 같다고 했습니다. 그러면서 꼭 안정적인 직업을 구해서 부모님께 효도하고, 좋은 배우자를 만나 평범하게 살고 싶다고 했습니다.

대원이의 꿈은 군인이 되는 것입니다. 꿈을 이루기 위해서 매일 운동을 하면서 영어 공부도 열심히 하겠다고 약속했습니다.

어린 시절 이야기를 듣고 나니 대원이의 많은 부분이 이해가 되었고 한편으로 가슴이 먹먹해졌습니다. 대원이가 가고 나서 운동장 벤치에 한참을 앉아 있었습니다. 무덥지만 산들바람이 부는 오후였습니다. "가장이 확고한 가족 속에는 다른 곳에서 찾아보기 힘든 평화가 깃든다."라는 괴테의 말이 생각났습니다.

행복을 부르는 자기 존중감

정규가 스스로 상담실을 찾아왔습니다. 정규는 미래가 걱정된다고 했습니다. 무엇이 걱정이냐고 물었더니 기다렸다는 듯이 속에 있는 말들을 한참 동안 꺼냈습니다. "영어를 못해요……. 얼마 후에는 성인이 되는데 좀 좋기도 하지만 한편으로는 그렇게 좋지만도 않아요……." 부모님의 이혼과 진학 문제도 고민이라고 말했습니다.

정규는 어린 시절 부모님의 이혼 사실을 모르는 상태로 시골에 보내져 할머니와 살았다고 합니다. 나중에 사실을 알게 됐지만 크게 마음을 쓰지 않았다고 합니다. 하지만 해가 지나면서 '내 환경은 다른 친구들하고 다르구나. 나는 불행하구나.' 하는 마음이 들었다고 합니다. 그래도 어른들의 기대에 부응하기 위해 공부를 열심히 하고 나름대로 잘 크려고 노력하면서 힘든 시기를 보냈다고 합니다.

정규에게 과거로 돌아가서 현재의 자신에게 편지를 써 보라고 했습니다. 여덟 살 정규는 현재의 정규에 이런 편지를 보냈습니다.

그동안 잘 이겨 냈다. 네가 내 미래의 모습이라는 게 자랑스럽다. 앞

으로 있을 스무 살의 나와 스물아홉 살의 나에게도 지금 내가 했던 말을 똑같이 할 수 있게 열심히 살았으면 좋겠다.

이어서 미래로 가서 편지를 써 보라고 했습니다. 쉰 살의 정규는 지금의 정규에게 이런 편지를 보냈습니다.

정규야, 지금 시기적으로 고민도, 걱정거리도 많은 나이지만, 노력한 다면 시간이 해결해 줄 것이다. 힘들었던 시간들을 꼭 행복한 시간으로 보상받을 거야. 잘하고 있어. 앞으로도 열심히 살아!

정규의 꿈은 행복한 가정을 갖는 것이라고 했습니다. 엄마와 함께 사는 지금 정말 행복하고, 앞으로 엄마와 계속 행복하게 살고 싶다 고 했습니다. 이렇게 자라기까지 도움을 준 사람으로는 자기 자신을 꼽았습니다. 힘든 일이 많았지만 집안 문제를 누군가에게 쉽게 털어 놓을 수 없어 혼자 고민해 온 까닭에 나이에 비해 조금은 더 성숙한 것 같다고 했습니다.

정규는 모든 얘기를 솔직히 털어놓고 나니 마음이 조금 가벼워진 것 같고, 예전 생각도 나서 좋았다고 했습니다.

너무 일찍 철이 든 정규와의 상담을 마치고서도 한참 동안 체한 것 같이 가슴이 답답했습니다. "자기를 긍정하고, 자기 삶에 책임을 지 며, 부정적인 것을 열등감 없이 받아들이는 삶이 자기 존중감."이라 고 정의한 심리학자 나다니엘 브랜든의 얘기도 떠올랐습니다.

그래, 여기까지 잘 왔다

2주 전 상담을 신청한 민성이를 만났습니다. 30분 정도 소파에 앉아 차를 마시면서 이런저런 이야기를 나누었습니다. 상담실에 오기 전에는 갑작스럽게 상담을 한다고 해서 귀찮기도 한 데다 상담 시간에 늦어 약간 풀이 죽었다고 했습니다. 자리를 옮겨 팔씨름을 한 다음 기분을 물으니 민성이가 밝아진 얼굴로 즐겁다고 대답했습니다.

민성이에게 지금 원하거나 해결하고 싶은 것이 있는지 물었습니다. 작은 글씨로 "돈 걱정 하지 않는 것과 행복해지는 것"이라고 썼습니다. 세계적인 소설가가 되고 싶고 프로 게이머가 되고 싶다고도 했습니다. 그중에 가장 이루고 싶은 것에 동그라미를 그린 다음 느낌을 쓰도록 했습니다. 가장 원하는 것은 돈 걱정 하지 않는 것이라며, 지금은 암담하다고 했습니다.

암담한 느낌이 들었던 기억에 대해 이야기를 나눴습니다. 초등학교 시절 아빠 사업이 망했을 때라고 했습니다. 그리고 엄마가 암에 걸려서 돌아가셨을 때와 집세를 내지 못해 쫓겨날지 모른다는 말을 들었을 때도 암담했다고 했습니다. 집세 이야기를 하다가는 불쑥 웃

142

으며 "집세가 밀렸는데 집 주인이 그냥 살게 해 줘서 정말 다행이에요."라고 말했습니다. 저도 모르게 울컥하며 눈물이 돌았습니다. 정말 다행스러워하는 민성이 표정을 보니 더욱 안쓰러운 마음이 들었습니다. 빨리 취업해서 돈을 벌어야 한다는 말에서 절실함이 느껴졌습니다.

암담함의 반대말이 무엇이냐고 물었더니 민성이가 걱정이 없는 것이라고 답했습니다. 그래서 걱정이 없었던 때가 언제였는지 물었습니다. 서울 오기 전에 전라북도 부안에서 살았는데 거기서 교회 다닐 때 제일 걱정이 없었다고 합니다. 그리고 예전에 할머니하고 살았을 때도 걱정 없이 행복했다고 합니다.

이렇게 행복한 마음을 지닌 민성이가 마흔 살이 되어 지금의 민성이에게 해 주고 싶은 말이 있다면 그게 뭘지 물었습니다. 민성이가 진지한 모습으로 이야기를 써 내려갔습니다.

남들이 부럽고 질투도 났을 거야. 겉모습은 긍정적이려고 노력해도 사실은 걱정을 많이 했다는 거 알아. 그런데 그게 꼭 나쁜 것만은 아니더라. 거친 땅에서도 꽃은 자라잖아. 네 아이디어는 정말 대단할 거야. 그러니 그것을 이루려는 끈기를 길러 줘.

지금은 행복하고 취업만 되면 걱정이 없겠다며 환하게 웃는 민성이에게 아무 말도 하지 않고 고개만 끄덕여 주었습니다. "말할 수 없는 것에 대해서는 침묵해야 한다."라는 비트겐슈타인의 글이 생각났기 때문입니다. 민성이는 과거에 연연하지 않고, 원하는 것에 마음을 다하는 법을 아는 듯했습니다.

지금 지치고 힘이 들면, 기대되는 가상의 하루를 상상해 보기 바랍니다. 미래의 어느 날 어디에서 살고 누구와 함께 있고 무엇을 하고 있을지 쓰고 난 후 현재의 자신이 되기까지 지내 온 과거를 위로하면 스스로가 강해지는 것을 느낄 수 있을 것입니다.

스스로를 공격하는 생각

몸집이 크고 서글서글하게 생긴 병언이와 만났습니다. 우선 팔씨름을 했습니다. 병언이는 손이 엄청 큰데도 팔심이 약하다고 엄살을 부렸습니다. 하지만 제가 지고 말았습니다.

병언이에게 해결하고 싶거나 원하는 것이 무엇인지 물었습니다. 병언이가 갑자기 고개를 숙이고 진지해졌습니다. 그러고는 한참 동안 글을 써 내려갔습니다.

나의 꿈은 무엇인가? 나는 왜, 무엇 때문에 태어났는가? 나는 어째서 정상적인 가족을 갖지 못할까? 어떻게 하면 예전처럼 행복할 수 있을까? 내가 게을러서 그런 걸까? 엄마가 많이 힘들어한다. 나는 도움이 안 되는 건가? 모든 게 나 때문인 것 같다. 꿈도 미래도 능력도 없는 내가 한심하고, 이렇게밖에 크지 못해서 너무 죄송스럽다. 그저 미안한 마음만 들고 잘해 드리고 싶은데 그러지 못하는 내가 너무 싫다.

병언이는 눈물을 글썽였습니다. 직접 쓴 글을 소리 내어 읽어 보게 한 뒤 느낌을 물었습니다. 괴롭고, 슬프고, 살기 싫다고 했습니다. 잘 모르겠다고도 했습니다. 괴로움에 대해 더 깊은 이야기를 나누었습니다. 부모님이 따로 사는 상황이 너무 힘들다고 했습니다. 괴로운 이야기를 하면서부터는 큰 소리로 울기 시작했습니다.

부모의 정서적 공감 없이 자란 탓에 감정의 혼란을 겪는 아이들이 많습니다. 자신의 감정이 불안인지 우울인지 외로움인지, 그 정체를 제대로 파악하지 못하고, 그것에 대처하는 방법 또한 알지 못해서 힘들어하는 것이지요. 정서적 공감의 결핍은 지속적으로 고통을 불러 일으키며 게으름이나 문제 상황 회피 등의 형태로 표현되기도 합니다. 자신의 과거를 보는 관점을 바꾸기 전까지는 결코 이러한 악순환에서 벗어날 수 없습니다. 병언이 역시 감정의 혼란을 겪으면서 무의식적으로 스스로를 괴롭힐 방법을 찾고 있었습니다.

영화관 기법을 사용해서 그동안 회피해 왔던 과거 상황을 재연하는 시간을 가졌습니다. 어린 시절의 병언이가 어떤 모습이냐고 물었습니다. 어린 병언이는 화장실에서 엉엉 울고 있다고 했습니다. 조용히 다가가 포근히 안아 주라고 했습니다. 그러고 나니 병언이가 그동안 회피해 왔던 과거를 이야기하기 시작했습니다.

"동생 재워 놓고 텔레비전을 보고 있을 때, 술에 취해서 들어온 엄마가 누워 있는 나를 보면서 "그때 너만 아니었으면 결혼하지도 않았고, 이렇게 힘들지도 않았어."라고 했어요. 너무 충격적이었고 너무 괴로워서 화장실에서 혼자 울었어요. 너무 슬펐어요. '그럼 나는 왜 태어난 거지? 그럼 나는 실패작인가?'라는 생각이 들었어요. 그런데 다음 날 엄마는 전날에 한 말을 전혀 기억하지 못했어요. 그래서 또 울었어요. 엄마가 얼마나 힘들까 생각하니까 아빠가 너무 원망스러웠어요. 이 일이 그저 잊혀지길 바랐지만 엄마와 동생을 볼 때마다 자꾸 떠올라요."

한참 동안 울먹이던 병언이에게 지금은 어린 병언이가 어떤 상태인지 물었습니다. 울음을 멈추었다고 했습니다. 꼭 안아 주라고 했습니다. 상처받은 영혼이 조금 회복된 듯 병언이 얼굴이 많이 밝아졌습니다. 마음이 편안해진 모습이어서, 어린 시절의 자신에게 편지를 써 보기로 했습니다.

병언아, 지금 많이 힘들지? 알아. 당연히 힘들겠지.

그런데 그거 알아? 네가 그렇게 힘든데, 엄마와 아빠는 얼마나 힘들까? 사람은 누구나 힘든 시기가 있는 거야. 너에게는 조금 일찍 찾아온 것뿐이야.

아무리 슬프고 힘들어도 밖으로 표현해서는 안 돼. 그러지 않으면 엄마와 아빠를 더욱 힘들게 할 거야. 지금 힘들어도 꼭 참고 웃어 봐. 웃는 연습을 하다 보면, 아마 천천히 괜찮아질 거야. 네가 먼저 웃다 보면 부모님뿐만 아니라 주변 사람들과 함께 웃을 수 있을 거야.

그러면 웃는 네가 변화시킬 수 있는 일들이 생기겠지? 자책하지 말고 긍정적으로 열심히 잘 살아.

과거를 정면으로 바라보고 받아들인 시간이 병언이에게 소중한 경

험이 되었으면 좋겠다고 생각했습니다. 자신에 대한 공격을 멈추고
자신을 새롭게 바라보는 계기가 되기를 바라고 또 바랐습니다.

내 안에 있는 분노의 힘을 알게 되면

수철이는 키가 큰 남자아이입니다. 엄마와 단둘이 살면서, 엄마가 아프면 밤을 새워 가며 머리에 물수건을 대 줄 만큼 다정한 아이였다고 합니다. 그런데 코치 선생님과 갈등을 겪고 좋아하던 축구를 그만둔 뒤로 수철이가 많이 달라졌습니다. 매사에 공격적으로 변해 대화가 되지 않고 엄마가 무슨 말을 해도 퉁명스럽게 대꾸하고 방에 들어가 문 밖으로 나오지 않는다고 했습니다. 분노를 조절하지 못한다고도 했습니다.

분노와 간절한 소망은 거리가 먼 감정 같지만, 사실 분노는 소망의 뒷면입니다. 사람들은 분노를 미워하고 제거하려고 할 뿐 그 안에 담긴 소리에는 귀를 기울이지 않습니다. 분노 속에는 '나 슬퍼요.' 또는 '나 사랑받고 싶어요.'와 같은 목소리가 담겨 있습니다.

수철이는 부모님의 이혼으로 아빠를 자주 보지 못하고, 자기가 좋아하는 축구를 할 수 없는 상황을 받아들이지 못하는 데서 오는 감정을 분노의 형태로 표출하고 있었습니다.

삶의 질은 분노 처리 방법에 달려 있다는 말도 있습니다. 자신의 분노에 담긴 메시지에 귀를 기울이고 분노의 감정을 받아들이는 일은 그만큼 중요합니다.

수철이를 상담하면서 저의 분노에 대해서 생각해 보았습니다. 한때 머리끝까지 타 올랐던 과거의 분노와 마주했습니다. 대부분 저를 방해하는 사람을 향해 표출된 분노였습니다. 그 대상으로는 상사도 있었고, 동료도 있었습니다. 과거에 분노한 원인을 마주하면서 제 스스로를 점검할 수 있는 특별한 경험을 얻었습니다. 쉬운 일은 아니었지만, 분노는 그저 제 안의 화를 표현하는 도구 중 하나일 뿐임을 알게 되었습니다. 분노는 화로 표현하지 않고 설명으로도 가능합니다. 쉽지는 않지만 충분히 연습할 가치가 있습니다.

분노를 잘 다스린다면 새로운 삶을 만들어 가는 데 아주 유용한 연료로 활용할 수 있습니다.

내면의 그림자와 만나기

중학교 2학년인 윤상이는 선생님들이 두려워하는 존재입니다. 아이들이 지켜보는 앞에서 학생부장 선생님에게 "선생님한테 욕하면 학교에서 잘리나요? 왜 잘려야 하죠?"라고 질문했던 아이입니다. 담임 선생님이 윤상이의 공격 대상이 되기도 했습니다. 부모님이 윤상이를 대안학교에 보내려고 했지만 사전 준비 과정을 통과하지 못했습니다.

윤상이가 상담실에 왔습니다. 머리에 물을 들이고 귀걸이까지 하고 나타났습니다. 온갖 멋은 다 내고 다니는 아이가 불량스러워 보였지만 한편으로 귀여워 보이기도 했습니다.

우선 서로의 벽을 조금이라도 허물고 신뢰를 쌓기 위해 몇 가지 활동을 했습니다. 처음에는 서먹하게 시작했는데, 발등을 서로 밟으면 이기는 발등 밟기 활동을 하면서 윤상이의 몸놀림이 아주 빨라지고 표정도 밝아졌습니다. 그 활동 덕분에 마음을 열었는지, 윤상이가 차분한 목소리로 이야기를 시작했습니다.

윤상이의 마음에는 그림자가 하나 있었습니다. 바로 '아빠'입니다. 이유는 생각이 나지 않지만, 초등학교 1학년 때 아빠한테 몽둥이로 심하게 맞았다고 합니다. 그때 '친아빠가 아닌가?' 하는 생각을 했다고 합니다. 그런 두려움과 불안이 오랫동안 윤상이를 사로잡은 채 놓아주지 않았습니다.

아빠 앞에만 가면 덜덜 떨리고, 말하는 게 어려웠다고 합니다. 초등학교 5학년 때부터는 집에 늦게 들어가기 시작했습니다. 아빠가 세상에서 가장 두렵다는 윤상이는 "이제 정말 아빠에게 아무런 기대감이 없어요."라고 잘라 말했습니다. 그러나 한편으로는 아빠와 친구처럼 지내는 게 꿈이라고 말했습니다.

안락하고 화목한 가정을 꿈꾸면서도 현실에서는 가족에게서 도망치고 싶어 하는 아이들이 있습니다. 문제는 이 아이들이 자신의 감정을 드러내고 위로를 요청할 만큼 성숙하지 않다는 것입니다. 할 수 있는 것은 '이유 없는 몸부림'뿐입니다.

이 아이들은 어린 시절 겪은 폭력을 지금의 자신에게 투사하고, 유아적 본능으로 끊임없이 분노를 표출합니다. 이 분노는 '나를 사랑해 달라!'라는 외침입니다. 사랑받는 방법을 아직 제대로 배우지 못했지만, 이 아이들이야말로 정말 사랑을 필요로 합니다.

초등학교 6학년 영길이는 가출을 자주 하는 아이입니다. 최근에도 사흘 동안 가출해 경찰에 신고되면서 한바탕 난리를 피웠다고 합니다. 담임 선생님이 "영길이의 가정 사정을 자세히 알고부터는 어떻게 해야 할지 모르겠어요. 제 역할의 한계를 느껴요."라며 상담을 요청했습니다.

영길이는 두꺼운 뿔테 안경을 쓰고 나타났습니다. 이번 가출은 5학년 아이와 함께했다고 합니다. 피시방에서 게임을 하다가 만났고, 메신저로 이런저런 이야기를 나누다가 집안 이야기가 나왔는데, 자신과 처지가 아주 비슷해 마음이 통해서 함께 집을 나왔다고 합니다. 집에 있는 저금통을 털어서 찜질방, 교회, 피시방을 전전하다가 경찰의 도움을 받아 학교로 돌아왔습니다.

영길이는 아주 무기력해 보였습니다. 하고 싶은 것이 아무것도 없으며, 집에는 다시 가고 싶지 않다고 했습니다. 영길이는 아빠와 같이 살고 있습니다. 영길이의 아빠는 하루하루를 술로 보내고 있습니다. 담임 선생님이 가정 방문을 했을 때 방 안은 술병으로 가득 차 있었고, 곳곳에 벌레가 우글거리고 있었다고 합니다. 알코올 중독자인 아빠는 매일 밤마다 영길이가 잠을 못 자게 괴롭히고, 술에 취해 욕을 해 댄다고 합니다.

상담을 하던 영길이가 점점 속마음을 털어놓더니 결국 울음을 터뜨렸습니다. 그렇게 한 시간을 울었습니다. 아무에게나 무슨 이야기든지 하지 않으면 불안하다는 영길이는 사람에 대한 그리움과 관심에 목말라 있었습니다. 상담 후 다행히 주변 사람들의 도움으로 보호 센터로 보내져 관심과 보살핌을 받게 되었습니다.

윤상이와 영길이의 사례를 보면 알 수 있듯이, 가정에서 폭력을 당한 아이들에게는 늘 어두운 그림자가 따라다닙니다. 억압이 축적된 아이들은 무의식적으로 부모와 유사하게 행동합니다. 불안이 가출, 폭력, 욕설 등으로 표출됩니다.

아이들을 사로잡는 어두운 그림자를 걷어 내려면 원인이 된 상황이나 사건과 직면해야 합니다. 과거의 두려웠던 상황과 감정을 의식적으로 드러내어 인정하는 것, 즉 받아들이는 작업을 의도적으로 계속하는 것입니다. 그래야 새로운 상처가 반복해서 생기는 걸 멈출 수 있습니다.

이것은 아이들만의 문제가 아닙니다. 사람에게는 언제 어디서나 자신도 모르게 나타나는 그림자가 있습니다. 어린 시절 가족이나 친구와의 관계에서 비롯된 부정적 감정은 오랫동안 몸에 남아서 자신의 의지와는 무관하게 불편한 행동을 만들어 냅니다. 그리고 사람들은 이로부터 자유로워지고 싶어 합니다.

그림자를 드러내는 이들을 무작정 비난하고 피해서는 안 됩니다. 그들이 용기를 갖고 자신의 그림자와 대면할 수 있도록 도와주어야 합니다. 아이들에게는 용기가, 어른들에게는 의지가 필요한 일입니다.

4부

나비로 날게 하기

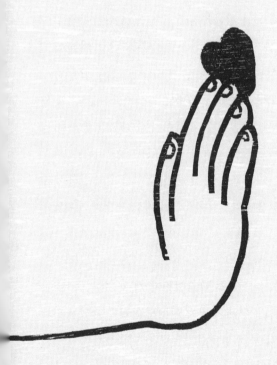

아이들에게 친구라는 것은
첫 번째 이야기

자퇴했다가 복학한 경아를 한 달 만에 다시 만났습니다. 키가 작고 단발머리에 피부가 맑고 하얀 경아가 밝은 모습으로 상담실에 들어왔습니다. 움츠려 있던 한 달 전과는 완전히 다른 얼굴로 변해 있었습니다. 경아는 요즘 결석을 거의 하지 않는다고 자랑했습니다.

먼저 테이블을 가운데 두고 동전을 손바닥에 감추고 어느 손에 있는지를 알아맞히는 놀이를 했습니다. 활동은 단순하지만 동전을 찾았을 때 재미와 성취감을 동시에 갖게 되는 효과가 있습니다. 실패했을 때도 다시 할 수 있는 기회를 충분히 주면, 실패를 두려워하지 않아도 된다는 사실을 깨닫습니다. 경아가 큰 소리로 웃으며 재미있어 했습니다.

경아에게 자신이 어떤 사람인지 종이에 쓰도록 했습니다. 자신은 '밝은 사람'이라고 했습니다. 요즘 학교생활이 재미있어서 항상 웃고 다녀서 그렇다고 합니다. 그래서 전에 힘들게 학교를 다녔을 때와 지금의 가장 큰 차이점이 무엇인지 물었습니다. 친구들과의 사이가 좋아진 것 같다고 했습니다. 친구와 편해져서 학교생활이 재미있고,

선생님들이 좋아서 수업에 집중이 잘된다고 했습니다.

경아가 상담하는 내내 밝은 얼굴로 긍정적인 말을 해서 저도 기분이 덩달아 좋았습니다. 사람은 변할 수 있다는 가능성을 다시 한번 확인하는 순간이기도 했습니다. 경아에게 첫 상담에서 했던 질문을 다시 던졌습니다. 해결하고 싶거나 원하는 것이 있다면 그게 무엇인지 물으니 경아는 미용 자격증을 따고 싶다고 했습니다. 미용 분야는 아직 잘 모르지만 재미있을 것 같고 자격증을 취득하면 보람 있을 것 같다고 했습니다. 이전 학교에 다닐 때는 지각과 조퇴를 많이 했는데 지금은 학교를 착실하게 잘 다녀서 보람차다는 말을 덧붙였습니다.

경아는 살면서 가장 도움을 받은 사람으로 엄마와 언니를 꼽았습니다. 특히 언니는 자신이 미용 분야로 진로를 정했을 때 조언을 많이 해 주어서 고맙다고 합니다. 반대로 살면서 없었으면 하는 것이 무엇인지 물었습니다. 그동안 자존심 때문에 힘이 들었다고 합니다. 괜한 자존심 때문에 생각과 달리 행동하다가 친구들과 많이 다퉜다고 합니다.

경아는 미용사가 되고 싶은 꿈을 위해 늦은 만큼 열심히 준비하겠다고 했습니다. 학교를 알아보고 학교에서 배운 것을 친구들에게 실습한다는 계획까지 세웠습니다.

경아는 친구들과 잘 지내면서 표정이 밝아졌으며, 얼굴빛이 투명해져 있었습니다. 말할 때 사용하는 단어가 이전에 비해 확신에 차 있었으며, 뭔가 하고 싶은 동기를 얻은 듯 보였습니다.

아이들에게 친구라는 것은
두 번째 이야기

전학 온 지 한 달이 지난 미정이를 만났습니다. 작은 체구에 동그란 얼굴을 가진 미정이는 피곤한 모습으로 상담실에 들어왔습니다. 감기에 걸렸다고 했습니다. 하지만 제가 오랜만이라며 어떻게 지냈느냐고 먼저 말을 걸었더니 금세 표정을 바꾸어 그동안 잘 지냈다고 밝게 대답을 했습니다.

저는 미정이에게 전학 온 뒤에 잘 지내고 있는지 그동안 너무 궁금하고 보고 싶었다고 했습니다. 미정이가 잘 지냈다고 하니 정말 좋다고 말하면서, 지금 학교에 다니는 게 이전 학교생활과 많이 다르냐고 물었습니다.

미정이는 전학 오기 전에는 친구도 없었고, 아침에 일어나서 학교에 가는 게 걱정이었다고 합니다. 그런데 전학 오고 나서는 친구를 사귀고 등교 시간도 빨라지니까 기분이 좋고 학교 오는 게 기다려진다고 했습니다.

무엇이 미정이를 변하게 했는지 물었습니다. 신이 난 미정이는 아픈 것도 잊은 듯 "예전 학교에는 마음을 터놓고 말할 수 있는 친구가 없었어요."라고 말했습니다. 한 명이 있기는 했는데 그 아이가 학교에 자주 나오지 않았다고 합니다. 지금은 편하게 마음을 털어놓을 수 있는 친구가 많이 생겨서 학교 오는 것이 즐겁다고 했습니다.

미정이의 변화를 이끌어 낸 것은 바로 친구였습니다.

미정이가 전학 첫날 이야기를 했습니다. 많이 긴장했는데, 쉬는 시간에 같은 반 여자애들에게 이것저것 궁금한 걸 물어보자 아이들이 친절하게 답해 주고 그 후로 미정이와 마주칠 때마다 웃어 주고 밥도 같이 먹어 줘서 마음을 열기가 편했다고 합니다.

미정이는 그날 일 말고도 그동안 학교에서 있었던 일을 한참 동안 이야기했습니다. 전에는 꿈도 없었고 휴학 중일 때는 다시 학교에 돌아가고 싶다는 생각을 아예 안 했다고 합니다. 지금은 학교생활에 적응도 잘하고 관심 가는 분야도 점점 생기니까 뿌듯하다고 했습니다. 요즘은 애견 미용 분야에 관심이 생겨서 노력해 보고 싶다고 했습니다. 그 분야라면 정말 잘할 수 있겠다는 기대도 점점 생긴다고 했습니다. 미정이는 중학교 때부터 키워 온 강아지를 반복해서 훈련시켰더니 어느 정도 말을 알아듣게 된 것과, 강아지가 새끼를 낳아서 커 가는 것을 보고 신기했다고 합니다. 그래서 애견 미용 분야를 공부해 보고 싶어졌다고 합니다.

미정이와 시간 가는 줄 모르고 이야기를 했습니다. 미정이는 상담을 마치면서 동물 병원 미용사 언니에게 좀 더 자세한 것을 알아보고 다음에 만나면 진로에 대한 이야기를 좀 더 구체적으로 들려주겠다고 약속했습니다.

미정이는 저를 보며 학교에 관심 가져 주고 조언해 주는 사람이 있어 기분이 좋다고 했습니다. 학교를 다닐 수 있게 해 주는 버팀목이 하나 더 생긴 것 같다는 말을 하면서 활짝 웃었습니다.

친구를 사귀지 못하는 아이

"우리 아이는 초등학교 6학년인데 1학년 때부터 지금까지 친구가 한 명도 없어요. 담임 선생님도 아이의 대인 관계가 걱정이 된다며 병원에 가 보는 것이 좋겠다고 하시네요. 처음에는 대수롭게 여기지 않았어요. 집에서는 잘 지냈거든요. 그런데 지금은 아이가 왜 그런지, 어떻게 도와줘야 할지 모르겠어요."

대환이 어머니는 답답한 마음을 털어놓으며 자신의 어린 시절 이야기를 들려줬습니다. 대환이 어머니도 고등학교 때까지 친구가 없었다고 합니다. 초등학교 3학년 때 경기도에서 전라도로 이사를 했는데, 말투가 달라 놀림당할까 봐 교실에서 말을 하는 게 너무 무서웠다고 합니다.

큰 키에 작은 얼굴, 마른 체구를 가진 대환이가 수줍게 상담실에 들어왔습니다. 먼저 대환이와 팔씨름을 했습니다. 팔을 잡는 순간 굳게 다물었던 입술이 슬며시 열리면서 얼굴에 어색한 미소가 보였습니다. 팔에 힘이 없다고 엄살도 부렸습니다. 오른손과 왼손을 번갈아 가며 팔씨름을 한 다음 서로 손을 잡고 발등 밟기 놀이를 했습니다.

대환이는 발을 이리저리 움직이면서 민첩하고 적극적인 모습을 보였습니다. 마음을 여는 순간이었습니다.

자리에 앉아서 대환이의 이야기를 들었습니다. 대환이의 외로움이 시작된 것은 초등학교 1학년 때였다고 합니다. 같은 반 친구와 친하게 지내고 싶었지만 방법을 몰라서 다가서지도 못한 이후로 친구를 사귀려는 시도조차 하지 않았다고 합니다.

대환이에게 '어린 대환이'한테 편지를 쓰도록 했습니다. 문제의 원인을 찾기 위해서요. 대환이는 작은 손으로 글을 써 내려갔습니다.

옛날의 나야. 이젠 나도 많이 괜찮아졌다. 전에는 친구를 피하고 매일 질책만 받았지만 이젠 걱정하지 마. 나도 친구를 사귈 수 있어.

대환이는 친구를 사귀는 방법을 몰랐을 뿐입니다. 그렇게 된 데에는 부모의 영향도 컸습니다. 심리학에서는 "부모가 가지고 있는 미해결 문제는 자식에게까지 넘어간다."라는 말이 있습니다. 부모의 분노, 콤플렉스 등을 아이가 물려받는다는 것입니다. 대환이 어머니가 어린 시절 쉽게 극복하지 못했던 점을 대환이가 그대로 답습하는 것처럼 말입니다. 하지만 대환이처럼 어린 내면의 자신과 만남으로써 문제는 해결될 수도 있습니다.

아침에 일어나 눈을 감고 마음을 고요하게 한 다음, 불편했던 어린 시절을 구체적으로 떠올려 봅니다. 그런 다음 진심으로 '미

안합니다, 용서합니다, 감사합니다, 사랑합니다'를 반복해서 말해
봅니다. 내면의 어린 내가 무거웠던 마음의 짐을 내려놓고 행복한
자유를 경험하는 날이 될 것입니다.

인생이 망했다는 아이

상담실에 온 아이의 표정이 영 안 좋다고 선생님 한 분이 지나가는 듯한 소리로 귀띔을 해 줬습니다. 어떤 아이인지 궁금해졌습니다.

상담실에 들어가니 꼭 끼는 청바지에 모자를 깊게 눌러쓴 병수가 앉아 있었습니다. 병수에게 좋아하는 것이 무엇인지 물었습니다. 운동을 좋아한다고 했습니다. 축구를 좋아하는데 요즘은 안 한다고 했습니다. 자기 전에는 팔 굽혀 펴기를 한다고 했습니다. "오! 그래. 선생님도 아침에 일어나 팔 굽혀 펴기를 한다."라고 대꾸하고는 누가 잘하는지 한번 해 보자고 했습니다. 어색해하는 병수의 팔을 잡고 자리에서 일어나 소파 옆으로 갔습니다.

병수가 자신 있는지 아무 말 없이 따라와 바로 팔 굽혀 펴기를 시작했습니다. 20개를 넘기면서 둘 다 속도가 느려지다가 결국 웃으면서 일어났습니다. 병수가 "선생님, 잘하시네요."라고 먼저 말을 했습니다. 이어서 팔씨름을 했습니다. 병수는 팔심이 정말 강했습니다. 오른손과 왼손 모두 제가 졌습니다. "와! 정말 팔심이 세다."라고 칭찬해 주었습니다. 팔씨름을 하는 사이 긴장했던 모습이 어느새 사라지고 편안해 보였습니다.

지금의 느낌을 종이에 쓰게 했습니다. "힘들다."와 "좋다."를 썼습니다. '힘들다'에 동그라미를 치고 줄을 그은 다음 살면서 힘들었던 일에 대해 써 보라고 했습니다. 병수는 운동을 그만뒀을 때, 나쁜 짓을 해서 경찰서에 가야 했을 때가 가장 힘들었다고 했습니다.

어떤 때 화가 나는지 물었습니다. 누가 자신에게 욕을 하거나 무시할 때 분노한다고 했습니다. 여럿이 이야기하는데 자기 이야기를 안 듣는 느낌이 들 때, 혹은 단체 채팅 메시지 창에서 자기를 무시하면 화가 난다고 했습니다. 화가 난다고 친구들을 때려서 경찰서를 들락거리다 보면 어떻게 될 것 같으냐고 물었습니다. 인생이 망할 거라고 했습니다. 그러면서 자신이 잘못한 게 많은 것 같고, 자기 생각만 했던 것 같다고 반성했습니다.

병수는 초등학교 때 하던 축구를 그만두고 나서는 인정받고자 하는 욕구를 친구들을 괴롭히는 것으로 해소하고 있었습니다. 그로 인해 현재 학교에서 징계를 받고 있으며, 경찰에서도 조사 중이라고 합니다. 요즘 가족 모두가 고통 속에서 살고 있다고 병수 어머니는 괴로워하고 있었습니다.

청소년 시기에는 감정적으로 민감해 분노의 감정에 쉽게 휩싸입니다. 아이들이 학교 폭력의 피해자나 가해자로 서지 않도록 더더욱 관심을 가지고 보아야 합니다.

병수와 분노 감정을 문장으로 만들어 감정 조절 훈련을 했습니다. "나는 비록 분노 조절을 못 해서 인생이 엉켰지만, 그럼에도 불구하고 그런 나를 온전히 마음속 깊이 사랑합니다." 이 문장을 눈을 감고 여러 번 반복해 말하게 했습니다. 그런 다음 느낌을 물었습니다. 앞으로 화를 참을 수 있을 것 같다고 했습니다. 화가 나면 이 문장을 떠올리겠다는 약속도 했습니다.

병수에게 행복할 때는 언제인지 물었습니다. 병수는 가족과 식사할 때가 가장 행복하다고 했습니다. 또한 친구와 있을 때, 축구할 때도 행복하다고 했습니다. 살면서 도움받은 사람으로는 부모님과 중학교 때 선생님을 꼽았습니다. 중학교 때 선생님은 자기를 많이 이해해 주었다고 합니다.

병수는 꿈이 아주 많았습니다. 요리사도 되고 싶고, 축구 선수도 되고 싶고, 사업도 하고 싶다고 합니다. 꿈이 많던 어린 시절의 자신에게 편지를 쓰는 시간을 가졌습니다.

이제 내가 조절을 잘해서 다시는 분노가 나오는 일이 없을 거야. 그래도 혹시 그런 일이 있으면 좀 도와줘. 나도 많이 노력할게.

병수는 앞으로 돈을 많이 벌어 정원이 있는 집에서 강아지를 키우고 자신을 잘 이해하는 여자와 결혼해 행복하게 살고 싶다고 했습니다. 행복하게 살기 위해서 오늘 해야 할 구체적인 것 한 가지를 정했습니다. 공부를 잘하기 위해서 앉아 있는 연습을 하겠다고 했습니다. 당장은 공부하기가 쉽지 않으니 우선 만화책으로 책 읽는 연습을 시작하겠다고 했습니다. 끝으로 자신에 대해 다시 알게 된 것 같다면서 이제 뭐라도 열심히 할 수 있겠다는 말을 남기고 상담을 마쳤습니다.

화를 다스리는 간단한 방법을 소개합니다. 우선, 화는 그저 대화의 한 방법임을 인식합니다. 그리고 실제로 화가 올라올 때, 팔 굽혀 펴기, 산책 등을 하며 머리를 비우고 온전히 신체 활동에 집중합니다. 그런 다음 종이에 그 느낌을 씁니다. 또 스스로에게 화 말고 다른 표현 방법은 무엇이 있을까 물어봅니다. 이렇게 해 보면 화는 단지 자신의 의사를 표현하고 목적을 이루기 위한 방법 가운데 하나였음을 알게 될 것입니다.

관심과 사랑이 심리적 안전장치를 작동한다

분노 조절이 안 돼 힘들어하는 병수를 일주일 만에 다시 만났습니다. 지난주보다 한결 밝아진 표정으로 이제는 익숙한 듯 상담실 자리에 앉았습니다. 과제로 내준, '자기와의 데이트'에서 느낀 점을 쓴 종이를 자랑스럽게 꺼냈습니다. 줄 없는 하얀 종이에 연필로 눌러쓴 글을 보니 나름대로 열심히 고민한 기색이 역력했습니다. 매일 쓴 자기와의 데이트 소감마다 "하루 일과가 끝났다. 내일은 무슨 일을 하게 될지 궁금하다.""평소에 회를 좋아했는데 정말 맛있었다.""내일도 재미있는 하루가 됐으면 정말 좋겠다.""어제는 날씨가 정말 좋았다." 등의 긍정적인 문장이 보였습니다. 하루도 빠짐없이 써 온 병수를 크게 칭찬해 주었습니다.

병수는 지난번 상담에서 공부 습관을 기르겠다며 만화책 필사를 하겠다고 했는데, 생각해 보니 성경책이 더 나을 것 같아서 「창세기」 내용을 필사했다며 제게 보여 주었습니다. 저도 모르게 "대단하다!" 라고 칭찬하는 말이 나왔습니다.

병수와 지난 일주일 동안 생활한 내용에 대해 이야기를 나누었습니다. 친구들과 농구를 하다가 짜증을 조금 내기는 했지만 왠지 모르게 즐거웠다고 했습니다. 예전에는 어떤 때 화를 냈는지 물었습니다. 팀워크가 잘 안 맞았을 때 화를 냈다고 합니다. 승부욕이 강해서 그런 듯하다고 나름의 해석을 내놓기도 했습니다. 이번에도 농구를 하다가 몸싸움이 과격해질 때, 친구들이 대충할 때 화가 났지만, 지난번 상담에서 약속한 것을 생각하면서 화를 참았다고 했습니다.

그리고 이번에 화가 났을 때는 겉으로 표현하기 전에 먼저 스스로를 돌이켜보았다고 합니다. 스스로 문제점을 극복한 것 같아서 기분이 좋았다고 합니다.

그렇지만 미래는 여전히 두렵다고 말했습니다. 병수와 두려움에 대한 자기만의 기도문을 만드는 시간을 가졌습니다. "제가 앞으로 좋은 길로 갈 수 있게 인도해 주시고 제가 배려심과 지혜를 키울 수 있게 좀 도와주세요." 앞으로 이 기도문을 주머니에 넣어 두고 두려움을 느낄 때마다 꺼내 보라고 했습니다.

분노는 심리적으로 자기가 좋아하는 대상을 잃어버렸을 때 오는 감정입니다. 또한 행태적으로 자기애적 분노가 있는데 이런 성향의 사람들은 다른 사람들의 감정이나 태도는 안중에도 없는 경우가 많습니다. 오직 자신의 감정만 중요하며, 모든 일을 자기 멋대로 해석하며 분노하는 것입니다.

병수는 타인에 대한 공감과 배려가 부족하고 자기애적 분노가 강한 아이였습니다. 병수와 대화를 하면서 스위스의 정신의학자 융이 말한 '테메노스'가 떠올랐습니다. 테메노스는 개인의 내면에 만들어지는 신성한 공간을 의미하는데, 이 공간은 혼자 처리할 수 없는 분노나 질투 등의 위험한 감정 등을 한 번 걸러 주는 심리적 안전장치라고 할 수 있습니다. 병수가 첫 번째 상담 이후 친구들과 농구를 하면서 화가 났을 때 자신을 돌이켜 보며 테메노스, 즉 심리적 안정장치를 자신도 모르게 작동시켰다는 생각이 들었습니다.

꾸준한 관심과 사랑이 아이들에게 테메노스를 유지시키는 습관을 갖게 합니다.

화를 참지 못해 힘이 든다면, 먼저 자신을 지지해 주는 사람을 만나 이야기하는 것이 도움이 됩니다. 그 사람과 조용한 곳에 가서 각자 노트에 과거를 3년 단위로 끊어서 자신을 힘들게 했던 사람과 그동안 일어났던 일에 대해 자신의 관점에서 생각하는 대로 글을 씁니다. 그리고 서로 설명하는 시간을 가져 봅니다. 상대방의 이야기를 들을 때는 비판 없이 그대로 공감해 주면 됩니다. 이렇게 자신의 불편했던 것을 이야기하다 보면 심리적으로 안정되어 다음에 같은 일을 반복하지 않게 됩니다.

따돌리는 아이, 따돌림당하는 아이

선생님 한 분이 상의할 게 있다며 면담을 요청해 왔습니다. 반 아이들 사이에 패가 갈려서 갈등이 자주 일어난다고 했습니다. 어떻게 해야 할지 모르겠다며 아이들의 개별 상담을 요청했습니다. 그날 오후로 시간 약속을 하고 한 아이를 먼저 만나기로 했습니다.

상담실에 들어온 민지는 중학생치고는 꽤 성숙해 보였습니다. 자리에 앉자마자 "담임 선생님이 상담을 요청했나요?"라면서 다소 날카로운 목소리로 물었습니다. 갑자기 묻는 말에 저는 대답을 얼버무리고 웃었습니다.

민지 앞에서 백 원짜리 동전을 손바닥 밑에 숨기고 어느 손에 동전이 있는지 맞혀 보라고 했습니다. 손가락으로 한 손을 가리키는 민지에게 확실하게 손을 뒤집어 보라고 말했습니다. 민지가 두 손으로 제 손을 잡고 힘을 주어 결국 뒤집는 데 성공했지만, 뒤집힌 손에 동전이 없자 "어?" 하고 아쉬워 했습니다. 어느새 민지 입가에 웃음이 번졌습니다. 역할을 바꾸었을 때 제가 고개를 숙이고 민지 손 밑을 들여다보는 시늉을 하자 반칙을 했으니 무효라며 다시 하겠다는 적극성을 보이기도 했습니다.

민지에게 최근에 해결하고 싶은 것이 있는지 물었습니다. 민지는 한참을 생각하더니 '전학'과 '친구' 그리고 '건강'이 문제라고 썼습니다. 각각의 문제에 대해 느낌을 적게 했습니다. 전학은 피곤하고 지친다고 했습니다. 친구는 짜증이 난다고 했습니다. 건강은 걱정이 된다고 했습니다. 좀 더 구체적인 이야기를 나누었습니다. 민지는 중학교 1학년 내내 학원을 다니면서 체력적으로 너무 힘들었다고 했습니다. 또 자신이 잘못했던 모든 것들이 짜증이 나고, 요즘 공부 때문에 걱정이 된다고 했습니다. 가장 큰 걱정은 친구라고 했습니다.

민지는 속내를 털어놓다 보니 닫혔던 마음이 조금 열렸는지 초등학교 시절 이야기를 하기 시작했습니다. 5학년 때 친구들이 자신을 만지면 썩는다고 놀리고 괴롭혀서 참 힘들었다고 했습니다. 지금은 그 애들이 사과를 해서 마음이 풀렸다고 했습니다.

그런데 최근 들어서 아이들이 자기 뒤에서 뭐라고 수군거리는 것 같다며 몹시 불안해하고 있었습니다. 다른 친구들이 무슨 이야기를 하든 대화로 풀거나 참겠다고 다짐을 했지만, 기분이 나빠지면 자신의 감정이 걷잡을 수 없게 된다고 했습니다. 그래서 '걔네는 걔네일 뿐이고 나는 나니까 신경 쓰지 말고 무시하자.'라고 다짐하고 참기로 약속을 했습니다. 그런 상황이 닥쳤을 때 무시하기를 성공하면 성공한 대로, 실패하면 실패한 대로 저에게 문자를 보내라고 했습니다. 상담을 마치고 민지와 헤어진 지 세 시간 정도 지났는데 "무시했어요."라는 문자가 왔습니다. 그래서 예쁘다는 말을 좋아하는 민지에게

"예쁜 민지 정말 잘했다."라고 답장을 했습니다.

　민지는 과도하게 친구를 의식하고 친구에게 의존하고 있었습니다. 그래서 반복적으로 따돌림을 당하기도 하고 친구를 따돌리기도 하면서 그것을 우정이라 착각하고 있었습니다. 과도한 애착과 의존은 심리적으로 부모나 가족으로부터 분리되지 않은 유아기적 생존 방법입니다. 영웅 신화의 주인공은 공통적으로 가족을 떠납니다. 아이가 친구 관계에서 어려움을 겪는다면 우선 부모에게 과도하게 의존하지는 않는지부터 살펴보기 바랍니다.

왕따는 독약이다

키가 큰 민웅이가 저녁 시간에 교장실을 찾았습니다. 밝게 인사하는 아이에게 기분을 물으니 뜻밖에도 쓸쓸하다고 했습니다. 표정과 다른 답변에 조금 당황스러웠습니다. 저는 어색하지만 민웅이에게 팔을 내밀며 팔씨름을 하자고 했습니다. 민웅이는 팔씨름을 하고도 표정 변화가 없었습니다.

민웅이에게 쓸쓸했던 기억에 대해 물었더니 항상 쓸쓸했다고 대답했습니다. 보살핌을 받고 싶을 때 부모님은 늘 바빴고, 겉으로는 행복하다고 말하는데 마음은 아닐 때가 많았다고 했습니다.

민웅이와 과거의 그림자를 되돌아보면서 자신의 진짜 모습을 찾는 활동을 했습니다. 먼저 '나는 비록'으로 시작하는 문장을 만들어 보았습니다. "나는 비록 언제나 혼자 있어서 쓸쓸했지만, 그럼에도 불구하고 그런 나를 온전히 마음속 깊이 사랑합니다."라는 문장을 완성한 다음 눈을 감고 여러 번 반복해서 말하도록 했습니다. 민웅이는 아무것도 달라진 것이 없다고 했습니다. 달라지고 싶어도 달라질 수 있는 방법을 모르겠다고 했습니다.

'쓸쓸하다'의 반대말이 무엇인지 물었습니다. '화기애애한 것'이라고 했습니다. 그래서 평소 화기애애했던 적이 언제였는지 물었더니 딱 잘라서 "없어요."라고 대답했습니다. 그래도 한번 잘 생각해 보라고 했습니다. 그러자 작은 소리로 "가족들이랑 밥 먹으면서 웃을 때요."라고 말했습니다.

이어서 살면서 가장 힘들었던 기억을 물었습니다. 중학교 때 친구 몇 명이 자기를 교묘하게 따돌렸다고 했습니다. 정말 죽고 싶을 정도로 왕따를 시켰다고 합니다. 이후 모든 것이 상처였다고 합니다. 성격이 위선적으로 변했고, 과대망상이 생겼고, 위축되어서 자신감이 없어졌다고 했습니다. 자신은 게으르다고 자책하기도 했습니다.

민웅이를 보면서 친구를 왕따시키는 행동은 친구의 밥그릇에 독약을 넣는 것과 같은 범죄라는 생각이 들었습니다.

중학교 때 당한 '왕따'라는 독약이 계속해서 민웅이 혈관에 흐르고 있었습니다. 그로 인해 민웅이는 자신의 목소리를 내지 못하고 있었습니다. 하지만 민웅이는 목소리를 잃어버린 것이 아니라 잠시 사용하지 못하는 것뿐입니다. 독한 감기에 걸리면 목소리가 나오지 않는 경우처럼 말입니다.

민웅이의 꿈은 자신의 이야기로 책을 내 베스트셀러 작가가 되는 것입니다. 모두에게 인정받는 사람이 되고 싶다고 했습니다. 그림을 그리고 책도 쓰고 사진도 찍는 작업실을 가지고 싶다고 했습니다. 베스트셀러 작가가 되기 위해 해야 할 일로 '생각 버리기'를 꼽았습니다. 혼자만의 생각에 갇혀 있으면 온전한 자기 모습을 보지 못하기 때문이라고 했습니다. 사실 스스로 변해야 하는데 잘 안 된다고 했습니다. 앞으로는 다른 사람들이 뭐라고 하든 휘둘리지 않기로 약속하고 상담을 마쳤습니다.

과거의 나쁜 기억이 자주 떠올라 마음을 괴롭힌다면, 마음속에서 벌어지는 일을 가만히 바라봅니다. 떠오르는 사람이나 사건에 대해 "나는 누구를/무엇을 어떻게 생각하고 있는 것 같다."라고 말해 봅니다. 그리고 마지막으로 "내 마음은 과거에 사로잡혀 있다."라고 말합니다. 이 활동을 하루에 서너 번 정도 반복하며 자신의 마음을 있는 그대로 응시하고 받아들이는 훈련을 하다 보면 과거의 그림자로부터 벗어날 수 있을 것입니다.

꼬리표 떼어 주고 나비로 날게 하기

하루는 생활 지도 선생님이 "이젠 선생 못 해 먹겠어요."라고 소리치며 교장실로 내려왔습니다. "저놈은 사람도 아니에요. 퇴학시켜야해요."라고 소리 높여 말했습니다. 평소 차분하던 모습은 온데간데없었습니다.

생활 지도 선생님이 말한 아이는 지난해 전학을 온 학생이었습니다. 수업 시간에 잠을 자다가 선생님과 마찰이 있었다고 합니다. 생활 지도부에 가서도 잘못을 인정하지 않고 선생님에게 대든 모양입니다. 전학 온 학생 중에는 절도, 흡연, 교권 침해 등 다양한 문제를 일으키는 아이들이 많습니다. 몸에 밴 나쁜 습관을 스스로도 어쩌지 못하고 학교 규칙을 어기는 일이 많습니다.

습관은 정말 무섭습니다. 언젠가 "삶의 가장 큰 기적은 습관을 교정하는 것"이라는 문구를 읽은 적이 있는데, 맞는 말입니다. 세 살 버릇 여든 간다고 하지요.

또 하루는 복도가 떠들썩했습니다. 전학 담당 선생님의 목소리가 크게 들렸습니다. 소리로 짐작건대 영락없는 싸움이었습니다. 내용을 들어 보니, 선생님이 그날 처음 온 전학생에게 무슨 이유로 전학을 왔는지에 대해 물었다고 합니다. 그러자 아이가 상욕을 하고 왜 그런 것을 묻느냐고 대들며 자리를 뜨려고 했다고 합니다. 선생님이 그 말을 듣고 "이리 와."라고 명령하자 아이가 소리를 지르고 소화기를 발로 차며 소란을 피운 것입니다.

저는 이리저리 뛰는 아이의 허리춤을 잡고 움직이지 못하게 했습니다. 몸부림을 치며 악을 쓰는 아이 옆에서 어머니가 눈물을 흘리며 달랬지만 아무 소용이 없었습니다.

도저히 막을 수도 없고 계속 이렇게 난동을 부리면 뭔가 더 큰일이 날 것 같기도 해서 경찰을 불렀습니다. 10여 분 난동을 부리고 나서 잠잠해진 아이를 상담실로 데려와 물을 한 컵 주었습니다. 아이는 물을 먹고는 고개를 숙인 채 한참 동안 그대로 있었습니다.

허리춤을 잡았던 손이 저려 오고 놀라서 가슴이 심하게 두근거렸지만 애써 태연한 척하면서 화를 터뜨리고 나니 뭔가 해결된 것 같으냐고 물었습니다. 아이가 작은 소리로 "아니요."라고 답했습니다. 옆에 있던 어머니는 아이가 가는 곳마다 사람들과 부딪쳐 어떻게 할 수 없다며, 그렇지만 학교마다 안 받아 주면 우리 아이는 어떻게 해야 하느냐며 울었습니다. 저도 말문이 막혀 아무 말도 해 줄 수 없었습니다.

무엇이 아이들의 마음속에 이렇게 큰 분노를 만들었을까요. 혼자 해결하지 못하고 터져 나오는 분노는 무엇을 의미할까요. 분노성 폭력 앞에서는 교육이라는 말이 무색해집니다. 교사라는 직업에 대해 무력감까지 느끼게 되지요. 얼마 후 담당 선생님으로부터 그 아이가 우리 학교에 적응하는 것도, 본래 다니던 학교로 가는 것도 포기하고 자퇴했다는 이야기를 전해 들었습니다.

18세의 사랑

평소 교장실에 자주 오는 영민이가 기수라는 친구를 데리고 왔습니다. 전학 온 친구라고 합니다. 지난주에도 몇 번 왔는데 제가 자리에 없어서 못 만났다고 합니다.

기수는 회색 반팔 차림에 선한 얼굴을 하고 있었습니다. 밝은 미소와 윤기 흐르는 목소리로 인사를 했습니다. 자리에 앉는 기수에게 "선생님과 무엇을 할 것 같으니?"라고 물었습니다. 기수는 웃음으로 답했습니다. 저는 먼저 팔씨름을 해야 한다며 팔을 내밀었습니다. 손을 잡았는데 팔심이 보통이 아니었습니다. 그래도 제가 이겼습니다. 기수가 자기는 왼손잡이라고 해서 바로 왼손을 잡고 팔씨름을 했는데, 한참 접전을 벌이다가 왼손도 제가 이겼습니다. "와! 너, 엄청 세다. 그동안 팔씨름한 아이 중에서 아주 센 편이다."라고 칭찬하면서 기분을 물었습니다. 기수는 기분이 좋은지 주절주절 자신의 이야기를 꺼냈습니다.

"선생님은 팔심이 센 것을 보니 평소 몸 관리를 잘하시는 것 같아요. 저도 작년 4월부터 운동을 시작했어요. 하루에 팔 굽혀 펴기 세트

30개로 시작해서 지금은 100개 이상 하고 있어요. 운동은 좋아하는 여자애 때문에 시작하게 됐어요. 그 애에 비해 제가 많이 부족해 보여서요."

기수가 팔 굽혀 펴기를 시작한 것도, 전학을 결정한 것도 여자 친구 때문이라고 합니다. 사랑은 기수의 모든 것을 좌지우지하는 위력을 가지고 있었습니다.

기수가 여자 친구를 처음 만난 건 2014년 초 금요일 저녁이라고 했습니다. 지금은 여자 친구가 떠나서 마음속에만 남아 있다고 했습니다.

기수에게 자신의 이야기를 하고 난 느낌을 물었습니다. 속앓이하던 일을 털어놓으니 기분이 시원하고, 말을 하다 보니 그 친구를 가볍게 만난 것이 아니고 진지하게 사랑했다는 것을 새삼 깨닫게 되어 뿌듯하다고 했습니다. 살면서 가장 뿌듯한 일은 무엇이었는지 물었습니다. 술과 담배를 하지 않은 것, 다른 사람들에게 비겁하게 행동하지 않은 것, 강한 사람에게 굽실거리지 않은 것 등이 뿌듯하다고 했습니다. 어떻게 해서 그렇게 어른스러운 생각을 갖게 되었는지 궁금하다고 물었습니다. 부모님을 따라 신앙을 가지고 있고, 장남이다 보니 어른에게 예절을 잘 지키는 것이 몸에 배었기 때문인 듯하다고 했습니다. 또 웃으면서 키가 작고 얼굴이 평범하니까 성격이라도 좋아지려고 노력하는 것이라고 말했습니다.

기수는 돈을 벌어서 독립하는 게 꿈이라고 했습니다. 좀 더 구체적인 꿈을 물었습니다. 자격증을 많이 따고 싶다고 했습니다. 특히 호텔 경영 자격증을 취득해 직장을 다니고 싶다고 말했습니다. 소망을 이루기 위해 당장 그 주부터 아르바이트와 공부의 비중을 잘 조절하고, 특히 학교에서 더 열심히 공부를 하겠다고 다짐했습니다. 상담을 마치면서 긍정적인 문구가 적힌 카드 20개 중 하나를 고르게 했습니다. '나는 이제 확신 있게 행동한다.'를 선택했습니다. 기수는 처음에는 상담이 조금 부담스러웠지만 생각보다 가볍고 편한 분위기에서 자기 생각을 제대로 말할 수 있어서 좋았다고 하면서 돌아갔습니다.

인생의 귀한 보물

　교장실 벽면에 작은 포스트잇으로 전교생의 꿈을 붙여 놓았습니다. 아이들의 꿈은 다양합니다. 무작정 돈을 많이 벌고 싶다는 아이도 있고, 바텐더나 디자이너 같은 전문가가 되고 싶다는 아이도 있습니다. 매일 아침 아이들 꿈을 보면서 일과를 시작합니다.

　교장실은 아이들의 놀이터입니다. 미리 시간 약속을 하고 오는 아이도 있고, 불쑥 문자로 당장 와도 되는지 물어보는 아이도 있습니다. 아이들은 혼자보다 둘이 오는 경우가 많습니다. 아무리 문턱을 낮췄다지만 역시 학생이 교장실에 혼자 오는 것은 부담스러운 모양입니다.

　선미와 윤경이가 쉬는 시간에 진로에 대해 이야기하고 싶다며 교장실에 들렀습니다. 각각 오전과 오후에 나누어서 오라고 했더니 혼자 오는 것이 아무래도 부담스러운지 서로 얼굴을 쳐다보며 같이 상담하면 안 되느냐고 물었습니다. 그래서 그렇게 하자고 했습니다. 상담을 하다 보면 저마다 속 깊은 이야기가 나올 수 있어 여럿이 함께하는 게 부담스러운 면이 있으니 놀이 활동 위주로 진행해야겠다고 생각했습니다.

선미는 조금 내성적인 성격이었고, 윤경이는 조금 활발한 인상이었습니다. 우리는 먼저 동전 찾기를 하고, 이어서 팔씨름을 했습니다. 윤경이는 팔심이 아주 강했습니다. 마지막으로 우리 모두 자리에서 일어나 한 사람이 안대를 하면 나머지 두 사람이 바닥에 놓인 장애물을 피하게 도와주며 목적지까지 안내하는 '장애물 건너뛰기' 활동을 했습니다. 둘 다 재미있어했습니다.

다시 자리에 앉아 느낌을 물었습니다. 선미는 상담이 매우 신선하고, 놀이 같아서 재미있다고 했습니다. 윤경이는 무거운 이야기를 할 줄 알았는데 그러지 않아서 좋고, 자격증 준비 때문에 지쳐 있었는데 스트레스가 풀리고 기분이 좋아졌다고 했습니다.

긍정적인 단어가 적힌 50여 장의 카드를 꺼내 두 장씩 뽑게 했습니다. 선미는 '효율성'과 '치유'라는 단어를 뽑았습니다. 두 단어와 관련하여 떠오르는 문장을 쓰게 했습니다. 효율성은 무언가를 함으로써 얻을 수 있는 것이라고 했고, 오늘 상담으로 스트레스와 고민이 조금이나마 해소됐으면 좋겠다고 했습니다. 윤경이는 '기대감'과 '아름다움'을 뽑았습니다. 유명한 미용사가 돼 엄마에게 기쁨을 주는 게 기대감이고, 자신감을 표현하는 게 아름다움이라고 썼습니다.

각각 자신이 쓴 내용에 동그라미를 그린 다음 그 느낌을 쓰게 했습니다. 선미는 재미있다고 했고 윤경이는 걱정스럽다고 했습니다. 선미와 윤경이에게 재미있었던 일과 걱정스러웠던 일에 대해서 물었습니다. 선미는 가족과 함께 여행 갈 때, 친구들과 놀 때, 친구들과 사소한 이야기를 할 때 즐겁다고 했습니다. 한편, 부모님이 힘들어할 때 걱정스럽다고 했습니다. 윤경이는 아빠의 폭력으로 가족이 상처받은 것, 이혼, 그리고 친구들의 배신이 걱정스러운 일이라고 했습니다. 가족과 함께 있을 때가 가장 행복하다고 했습니다.

상담을 하다 보면 아이들마다 다른 사연을 만나게 됩니다. 그때마다 톨스토이의 『안나 카레니나』가 생각납니다. 그 소설은 "행복한 가정은 모두 고만고만하지만, 무릇 불행한 가정은 나름나름으로 불행하다."라는 문장으로 시작합니다. 불행하다고 생각하는 아이들 모두에게 위로가 되는 것은 바로 '친구'라고 합니다. 그래서 학창 시절 친구는 인생의 가장 귀한 보물인 모양입니다.

행복 목록

표정이 밝고 키가 크며 말을 야무지게 하는 미현이가 교장실을 찾아왔습니다. 미현이는 성격을 바꾸고, 성형을 하고, 돈을 많이 벌었으면 좋겠다고 했습니다. 구체적으로는, 성격은 감정 낭비가 심하지 않았으면 좋겠고, 성형을 해서 자신감을 높이면 좋겠고, 돈을 벌어 남부럽지 않게 살고 싶다고 했습니다. 그러면 평생 행복할 것 같다고 했습니다. 행복의 기준이 궁금해서 행복한 기억에 대해 물었습니다. 미현이에게 가장 행복했던 기억은 엄마가 핸드폰을 사 줬을 때라고 합니다. 중학교 때 친한 친구와 싸웠다가 화해했을 때도 행복했다고 합니다. 그뿐이었습니다.

미현이에게 "선생님은 하고 싶은 일에 도전해서 이뤘을 때 행복했다."라고 말해 줬습니다. 글 쓰는 일에 자신감이 없어서 고생했고, 소설과 신문을 필사하면서 자신감을 얻었으며, 나중에 서점에서 내 이름을 달고 나온 책을 봤을 때 세상을 다 얻은 기분이었다고 구체적으로 얘기해 줬습니다.

미현이에게 행복의 반대는 무엇이라고 생각하는지 물었습니다.

이런 질문은 행복을 방해하는 장애물을 발견하는 데 도움이 됩니다. 미현이는 불행이라고 했습니다. 잘되고 싶은 사람과 연락이 끊어졌을 때 불행하다면서, 전에 사귀던 남자 친구 이야기를 했습니다. 신나게 놀고 싶은데 만날 사람이 없을 때도 불행하다고 했습니다. 사람과의 관계가 힘들어질 때 불행해진다고 이야기하면서 서로 고개를 끄덕였습니다.

미현이는 최근에 마음이 불편했던 경험을 털어놓았습니다. 실습 과정에서 친한 친구들과 미묘한 감정 싸움이 있었다고 합니다. 그 일이 자기 성격 때문에 생긴 것이 아닌가 하는 자책감도 들고, 친구들에게 서운한 감정도 있었던 듯합니다.

자신의 불편한 감정을 약점으로 생각하고 방어하는 습관은 불행한 관계의 씨앗이 될 수 있습니다. '내 성격이 문제야. 나는 정말 하는 일마다 안 돼.' 하는 생각이 들 때마다 "너는 여전히 좋은 친구야." 라고 격려해 주거나 "오늘 저녁에 영화 보러 갈래?" 하면서 함께 있어 줄 친구가 필요합니다.

편안하게 만나는 친구와 자신을 괴롭히거나 만나면 불편한 친구 목록을 작성해 놓는 것도 행복한 친구 맺기를 위한 방법입니다. 힘들 때 힘이 되는 친구를 찾아가서 얘기를 나누면 불편한 감정에서 벗어나는 데 큰 힘이 됩니다. 불편한 친구는 되도록 피하는 것이 좋습니다. 물론 친구 목록은 비밀로 유지해야 합니다.

5부

아이들을 세상과 연결하는 다리

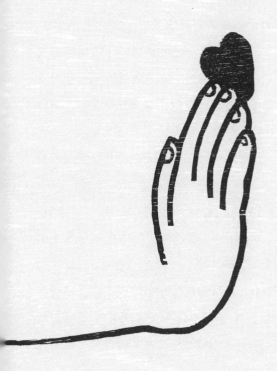

담배 피우는 아이들의 뒷모습

흡연은 의존의 극단적 표출입니다. 담배가 엄마 젖꼭지 대용이라고 분석한 심리학 관련 자료를 보고 공감한 적도 있습니다. 담배 피우는 아이들은 대부분 학교 선생님은 물론이고 엄마와도 대립 관계에 있습니다. 이렇게 된 데에는 아이들에 대한 어른들의 감시와 잔소리가 한몫을 합니다. 학교에서 흡연으로 인한 문제가 반복되면 퇴학시킨다는 강수를 둬도 아이들은 쉽게 담배를 끊지 못합니다. '그래, 그만두면 되지 뭐.' 하는 생각으로 학교를 포기하는 안타까운 상황까지 가기도 합니다.

심지어 초등학교 고학년 때 담배를 처음 접하기도 합니다. 담배를 피우게 되는 이유는 단순합니다. 아이들에게 물어보면, 친구가 한번 피워 보라고 해서 피웠다고 답하는 경우가 제일 많습니다. '호기심' 으로 흡연을 시작한 것입니다. 하지만 이야기를 나누다 보면, 흡연의 이면에 친구 문제나 가정 문제 등 해결하지 못한 마음의 짐이 놓여 있는 것을 보게 됩니다. 아이들은 심리적 안정과 위안의 도구로 담배를 이용하는 것입니다.

저는 담배 피우는 아이들과 상담을 하면서 담배꽁초를 줍기 시작했습니다. 금연 캠페인을 하는 아이들, 학교 폭력 예방을 위해 봉사하는 배움터 지킴이들, 생활 지도부 선생님들과 학교를 돌며 담배꽁초를 주웠습니다. 흡연하는 아이와 마주쳐도 쫓아가지 않고 혼내지도 않았습니다. 이렇게 1년을 지내다 보니 교내에서 어느 정도 담배꽁초가 줄고 아이들에게서나 복도에서 담배 냄새가 많이 줄었다는 얘기가 들려왔습니다.

그러던 어느 날, 2학년 여학생이 교장실에 들어와 할 말이 있다고 했습니다. 여학생 화장실에 담배 연기가 너무 많이 차서 점심식사 후 양치질을 못 하겠다는 하소연이었습니다. 아이에게 미안하고 창피했습니다. 화장실에 자주 올라가 보고 관리에 신경을 더 쓰겠다고 말했습니다.

담배 피우는 아이들을 금연으로 이끌기 위해 고민하다가 콘서트를 떠올렸습니다. 우선 여학생 화장실 앞에서 쉬는 시간과 점심시간에 콘서트를 열었습니다. 제가 화장실 앞에서 기타를 치며 노래를 했더니 아이들이 재밌어했습니다. 동영상과 사진을 찍어서 SNS에 올리기도 했습니다. 우연히 이 동영상을 본 지인이 이참에 금연송을 한 번 만들어 보면 어떻겠냐고 제안을 했습니다. 처음에는 대수롭지 않게 여기고 지나쳤는데, 수많은 히트송을 낸 안영민 작곡가와 인연이 닿으면서 금연송을 만들게 되었습니다.

가사는 제가 직접 썼는데, 상담할 때 아이들의 모습이 파노라마처럼 떠올라 금방 완성할 수 있었습니다.

다 되는데 담배는 안 되는 것 같다

등나무 밑에 가면 하얀 담배꽁초가

이놈의 자식들 혼을 내야지만

막상 보면 천진한 얼굴

그들의 이야길 들어 보면 참 안쓰러운 맘

자신도 모르게 담배에 사랑을 갈구하는 것

걱정하지 마, 할 수 있단다

염려하지 마, 할 수 있단다

도망가는 너희들의 뒷모습

어디서부터 잘못된 거였을까

어른들이 해 주지 못했던 일

그건 바로 사랑일 거야

아이들은 모르지 왜 담배를 끊지 못하는지

사랑에 대한 갈구야 어른들이 못 지켜 줬던 일

걱정하지 마, 할 수 있단다

염려하지 마, 할 수 있단다

사랑을 줄게, 함께 이겨 내자

희망을 줄게, 우리 다시 시작해 보자

우리 다시 시작해 보자

―금연송「노타바코」

이 노래를 오디션 프로그램 「슈퍼스타K」 출신 가수 김그림과 같이 불렀습니다. 학교 축제 때는 김그림과 함께 무대에 서서 노래하기도 했습니다. 운 좋게도 신문과 방송에 여러 차례 소개되었고, SNS에서도 많은 관심을 받았습니다. 그러자 학교 아이들도 관심을 보였습니다. 「노타바코」를 흥얼흥얼 부르기도 했습니다. 제가 옆을 지나가면 한 소절을 크게 부르는 아이들도 생겼습니다. "선생님, 노래 정말 좋아요."라거나 "저, 음원 다운받았어요."라고 말하는 아이도 있었습니다.

「노타바코」 한 곡 때문에 정말 흡연이 줄었는지는 모릅니다. 하지만 확실한 것은 담배 피우지 말라고 훈계하기보다는 아이들에게 들려주고 싶은 말을 그들의 눈높이에 맞추어 재미난 방식으로 전하는 것이 훨씬 더 효과적이라는 것입니다.

점점 「노타바코」를 부를 기회가 자주 생깁니다. 요즘에는 우리 학교 실용 음악과 남수와 함께 노래 연습을 하고 있습니다. 하루는 슬쩍 "너, 담배 피우니?"라고 물으니 그렇다고 했습니다. 남수도 이 노래를 부르다가 담배를 끊기를 기대해 봅니다.

마음의 문을 여는 법

    고등학교 1학년 정표는 아침마다 학교 가기를 거부하는 아이였습니다. 결석이 잦아 학교에서는 자퇴를 권유하고 있었지요. 부모님마저 두 손 두 발을 든 상황이었습니다.

    상담실에 들어오는 정표는 큰 키에 머리가 귀를 덮을 만큼 길었습니다. 얼굴 표정은 어둡고, 질문을 하면 퉁명스러운 말투로 짧게 대답했습니다. 어색하지만 먼저 팔을 내밀면서 팔씨름을 하자고 했습니다. 정표는 잠시 당황하는 표정을 지으면서 작은 소리로 힘이 약하다고 했습니다. 하지만 저와 손을 맞잡으니 본능적으로 힘을 주었습니다. 잠시나마 얼굴이 밝아졌습니다. 몇 가지 활동을 연이어 했는데 생각보다 잘 따라 했습니다. 말 없는 아이들, 특히 남자아이들에게 힘을 쓰게 하는 활동은 입을 열게 하는 특효약입니다.

    정표에게 정말 원하는 것이 무엇인지 물었습니다. 정표는 용돈을 자유롭게 쓰고 싶다고 했습니다. 머리를 기르고 싶다고도 했습니다. 또 애완동물을 기르고 싶고, 학교를 그만 다니고 싶다고 했습니다. 원하는 것에 대한 느낌을 묻자 '재미있다, 기쁘다, 기분 좋고 자유롭다'라고 했습니다. 현재 원하는 것 중에서 가장 절실한 것 한 가지를 선택하도록 했습니다. 그러자 학교를 그만 다니고 싶다고 했습니다. 학교를 그만 다니면 자유로워질 것 같다고 했습니다.

청소년기 아이들은 대부분 자신의 미래에 대한 걱정이 많습니다. 정표도 그랬습니다. 정표는 자신이 좋아하는 사촌 형이 공부 때문에 괴로워하는 모습을 보면서 미래에 대한 자신감을 잃어버리고 그 고민을 회피할 도구로 두발 문제를 이용하고 있었습니다. 그런 상태가 지속되면서 부정적 회의주의의 지배를 받게 돼 스스로를 혐오하고 파괴하고 있었습니다.

회의주의는 마음속 의심입니다. 의심을 그대로 두면 계속해서 자신을 괴롭히게 됩니다. 믿고 의지할 만한 누군가와 '발을 붙이고' 함께 이동하며 목표점에 도달하는 경험은 회의주의를 극복하는 데 도움이 됩니다. 할 수 없다는 의심을 버리고 긍정적 연습을 반복하면 과거로부터 벗어나 새로운 마음으로 도전할 용기를 얻을 수 있습니다.

먼저 줄을 가지고 3미터 정도 거리를 두고 출발선과 도착선을 설정합니다. 그런 다음 두 사람이 발목을 붙이고 출발선에서 도착선까지 가 봅니다. 이동하면서 발목이 떨어지면 처음부터 다시 시작합니다. 끝까지 가는 데 성공하면 도착선에서 하이파이브를 합니다. 성공 후에 느낌을 이야기해 봅니다. 마음의 문을 여는 방법입니다.

행복은 내 안에 있다

태수가 상담실에 찾아왔습니다. 지나가다가 그냥 들어와 봤다고 합니다. 태수에게 습관처럼 꿈이 무엇이냐고 물었더니, 곧바로 경찰대학에 가는 것이라고 대답했습니다. 기말고사 성적이 전보다 많이 올랐다고 했습니다. 지난해 졸업식에 참석한 학교 담당 경찰관이 경찰대학 출신이라서 좋았다고도 했습니다.

떡 벌어진 어깨, 스포츠머리에 다부진 몸매를 가진 태수와 팔씨름을 했습니다. 오른손은 제가 졌습니다. 태수의 팔심이 상당히 셌습니다. 헬스클럽에서 운동을 한다고 했습니다. 왼손은 제가 이겨서 무승부가 됐습니다.

자신에 대해서 설명을 해 달라고 하니 태수가 '무한 긍정'이라고 소개했습니다. 그리고 산책을 좋아한다고 했습니다. 햇볕이 좋으면 점심시간에 종이 칠 때까지 걷는다고 했습니다. 산책은 5교시 졸음 예방에도 좋다고 했습니다. 성격은 외향적이며 남과 같이 있으면 말하고 싶고, 누구든 만난 지 5분만 지나도 금세 친해진다고 했습니다.

태수의 어릴 적 방이 어떤 모습이었는지 물었습니다. 2층 침대와 컴퓨터가 있었고, 책꽂이에 책이 가득했다고 합니다. 책꽂이에 꽂힌 책 가운데 절반 정도를 읽었다고 했습니다. 벽지는 파란색이었으며 2층 침대는 자동차 모양이었다고 했습니다. 태수는 어릴 적 자신의 방에 대해서 자세히 기억하고 있었습니다. 마치 자기 방에 앉아서 이야기하는 듯이 설명을 했습니다.

경찰대학에 가는 것 말고 다른 꿈이 또 있는지 물었습니다. 태수는 '정치인'이 되고 싶다고 했습니다. 정치인을 떠올리면 어떤 느낌이 드는지 물었습니다. 고생을 많이 할 것 같다고 했습니다. 어릴 때 고생한 기억이 있는지 물었습니다. 중학교 1학년 때 여자 친구를 잘못 만나 성적이 떨어졌다가 고생 끝에 '올백'으로 1등을 한 기억이 난다고 했습니다. 참 대단한 의지를 가졌다는 생각이 들었습니다. 그렇게 의지를 가지고 행동해서 성공한 기억이 또 있는지 물었습니다. 고등학교 들어와 줄넘기를 꾸준히 해서 15킬로그램을 감량한 적이 있다고 자랑스럽게 이야기했습니다. 그 비결을 물었더니 태수는 계획을 세우면 '나는 뭘 해도 될 녀석이야.'라고 스스로 최면을 건다고 합니다. 지금까지 만난 아이들 중에 이렇게까지 확실한 신념을 가지고 목표한 바를 꾸준히 실천하는 학생은 처음이었습니다.

태수는 지금껏 살아오면서 도움받은 사람으로 어머니와 아버지 그리고 할머니를 꼽았습니다. 반대로 자신을 방해한 것으로는 게으름을 꼽았습니다. 태수에게 멋진 정치인이 되기 위해서는 뉴스를 많이 보고, 사람을 많이 만나고, 공부를 열심히 해야 한다고 일러 줬습니다. "너의 인생에서 모든 일이 잘될 것이라는 느낌을 받았다."라고 말해 주었습니다.

태수는 자신의 신념을 행동으로 옮길 수 있는 아주 드문 아이였습니다. 성적이 상위권이고 성격이 밝으며 현재 처한 상황에 만족하고 행복해했습니다. 행복은 자기 안에 있다는 말을 증명이라도 하듯이 말입니다. 소크라테스는 "인간의 최대 행복은 날마다 덕을 주고받는 것."이라고 했습니다. 태수와 상담을 하는 동안 마치 덕을 주고받은 것처럼 행복했습니다.

행복을 지속하고 싶다면, 하루에 30분 정도 혼자만의 시간을 확보해야 합니다. 아침에 욕조에 따뜻한 물을 받고 향이 좋은 비누로 목욕을 합니다. 그런 다음 조용한 곳에서 나를 행복하게 하는 목록을 다섯 가지 정도 작성한 다음 그 목록을 책상, 거실, 수첩 등에 붙여 놓습니다. 부정적이고 힘들 때마다 행복 목록을 보는 습관을 들입니다. 행복을 유지하는 비결은 일상에서 자신이 행복했던 기억을 얼마나 '사랑하느냐'에 달려 있습니다.

갈림길에서 마음속 풍경 바꾸기

행복해지고 싶다는 아이를 만났습니다. 고등학교 1학년 진주는 공부하라는 소리가 지겹다고 합니다. 원하지 않은 학교에 진학해서 하루하루가 너무 힘들다고 했습니다. 머릿속은 온통 고민으로 가득하고, 언제부턴가는 마치 병에 걸린 것처럼 잠만 잔다고 했습니다.

진주는 선해 보이는 얼굴에 짧은 커트머리를 하고 단정한 바지 차림으로 나타났습니다. 겉으로는 애써 또박또박 말을 하고 있었지만 어딘지 모르게 우울해 보였습니다. 우선 진주와 간단한 놀이를 했습니다. 책상 옆에 있던 신문지를 둘둘 말아서 종이칼을 만든 다음, 책상 옆 빈 공간으로 이동하여 경계선을 만들고 칼싸움을 했습니다. 제가 먼저 찌르니 진주가 어색해하면서 공격을 시작했습니다. 종이칼이 구겨지는 것을 보고 재미있는지 적극적으로 저를 공격했습니다. 진주 얼굴에 환한 웃음꽃이 피기 시작했습니다.

칼싸움을 마치고 자리에 앉자마자 진주는 속내를 털어놓기 시작했습니다. 부모님의 권유로 자립형 사립고에 입학했는데 기대와 달리 성적이 많이 떨어졌다고 합니다. 성적이 떨어지면서 자신감도 없어져서 하루하루 망가진 느낌으로 학교에 다녔다고 합니다. 점점 집중력이 떨어지고 딱히 하고 싶은 것도 없어졌다고 합니다. 해야 할 일은 많은 것 같은데 짜증만 났다고 합니다.

진주는 '짜증'이라는 단어를 자주 사용했습니다. 그래서 지금까지 살면서 언제 짜증이 났는지를 물었습니다. 중학교 첫 시험을 망쳐서 짜증이 났다고 했습니다. 수학 시험을 보고 나서 다 맞은 줄 알았는데 엄청 틀려서 당황했던 경험도 털어놓았습니다. 집에서 둘째라고 부모님이 자신에게 무관심할 때도 짜증이 많이 난다고 했습니다. 그러면서 자신은 심리적인 영향을 많이 받는 것 같다고 자책했습니다.

진주와 자신의 감정을 있는 그대로 받아들이는 활동을 했습니다. "나는 비록 공부 때문에 짜증이 나서 점점 망가지지만, 그럼에도 불구하고 그런 나를 온전히 받아들이고 깊이 사랑합니다."라는 문장을 눈을 감고 작은 소리로 다섯 번 반복하게 했습니다. 눈을 뜨면서 진주가 초등학교 때는 기억력도 좋았고 공부를 아주 잘했다는 말을 덧붙였습니다. 공부를 잘했던 때나 공부에 흥미를 잃은 지금이나, 공부에 대한 부담감이 도를 넘었다는 생각이 들어 안타까웠습니다.

진주는 성적이 떨어져 일반고로 전학을 고민하고 있습니다. 하지만 막상 전학을 가려고 생각하면 두렵다고 했습니다. 새 학교에 잘 적응할지도 걱정된다고 했습니다. 진주와 이야기를 나누면서 자신감을 먼저 회복하는 것이 우선이라는 생각이 들었습니다. 아이들은 자신감이 떨어지면 흔히 퇴행과 성장의 갈림길에서 퇴행을 선택하게 되는데, 퇴행은 자기 비하로 이어집니다. 자신감은 인식만 바꿔도 쉽게 회복되며, 여기에는 긍정적 태도가 결정적 역할을 합니다. 자신의 장점을 생각하면서 마음속 풍경을 바꾸어 보기 바랍니다.

가족과 함께 아이 스스로 장점을 되돌아보는 것만으로도 자신감을 회복하는 데 도움이 됩니다. 조용한 음악을 들으면서 자신의 장점 세 가지를 씁니다. 부모 입장에서 보는 장점도 세 가지를 써 봅니다. 서로 쓴 것에 대해서 공통점과 차이점을 찾아 솔직한 대화를 나누어 봅니다. 아이에게 소중한 것이 무엇인지 깨닫게 해 주는 계기가 될 것입니다.

내 안의 목소리를 찾아서

몇 번 상담 약속을 하고도 만나지 못한 성규를 어렵게 만났습니다. 특별히 문제가 있는 것은 아닌데 도무지 말이 없어 답답하다며 담임 선생님이 상담을 부탁했습니다.

상담실에 들어오는 성규는 무표정했습니다. 교복 셔츠가 커서 그런지 왜소한 느낌이 들었습니다.

얼른 호주머니에서 동전을 꺼냈습니다. 성규에게 눈을 감으라고 한 뒤 동전을 손바닥 밑에 숨기고 나서 다시 눈을 뜨고 동전이 어느 손에 있는지 찾으라고 하니 슬그머니 한쪽 손을 건드렸습니다. 거기 동전이 진짜 있는지 확인해 보라고 하니 힘을 주며 제 손을 뒤집었습니다. 성규는 거기 동전이 없는 것을 보고는 아쉬워하는 듯한 표정을 지었다가 도로 무표정해졌습니다.

보통 아이들은 놀이 활동을 하고 나면 표정에 변화가 생기는데 성규는 아니었습니다. 그 모습에 조바심이 났습니다. 당황스럽고 어찌해야 할지 몰라 머리가 복잡해졌습니다. 당연히 아이가 좋아할 것으로 생각했는데 반응이 없으니 난감해진 것입니다. 상담을 하면서 가장 힘든 때는 대답이 짧거나 반응이 없는 경우입니다. 이때는 상담자의 말이 많아집니다. 아이가 먼저 마음을 열 때까지 기다려 주어야 하는데, 그것이 생각처럼 쉽지가 않습니다.

어느새 제 말투가 성규에게 대답을 다그치는 듯한 투로 변해 있었습니다. 그 상태로 상담이 이어지면 아이들은 더더욱 입을 닫고 말지요. 아마 가정에서 아이와 대화하기 힘들어하는 부모라면 비슷한 상황을 흔히 겪지 않을까 싶습니다.

그래도 용기를 내어 무표정한 성규에게 기분을 물었습니다. 대답이 없어 종이를 주며 쓰도록 했습니다. 의외로 "좋다."라고 썼습니다. 이어서 그동안 좋았던 기억을 써 보라고 했습니다. 가족을 만난 것, 그러니까 태어난 것 자체가 행복했다는 뜻밖의 답을 했습니다. 학교를 다니는 것도 행복하다고 했습니다.

글을 쓰고 나서 평소에 주로 어떤 기분이 드는지 물었습니다. 행복하지만 슬플 때도 있다고 대답했습니다. 초등학교 때 어머니가 돌아가신 것이 가장 슬펐다며 종이 한쪽 구석에 작은 글씨로 휘갈겨 썼습니다.

그러고는 어린아이가 옹알이를 하듯이 작은 소리로 이렇게 말했습니다. "어머니가 돌아가신 후부터 게임을 했고요. 온종일 게임만 하고 학교에 안 간 적도 많아요. 특별히 재미있는 것도 없고, 공부를 왜 해야 하는지 모르겠어요."

성규에게 꿈을 물었습니다. 게임 제작자가 되는 것이라고 했습니다. 새로운 게임을 만들면 행복할 것 같다고 했습니다. 사람들이 자기가 만든 게임을 하면서 즐거워했으면 좋겠다는 말도 했습니다.

상담을 마무리하면서 마음이 불편했습니다. 자연스러운 교감을 나누거나 아이를 있는 그대로 보지 않고 상담을 했다는 생각이 들었습니다. 그대로 마치기가 아쉬워서 마지막으로 용기를 내 성규에게 잠깐 일어나 보라고 하고 발등 밟기를 해 보았습니다. 한 시간 넘게 무표정했던 성규의 얼굴에서 마침내 활짝 핀 웃음꽃을 보았습니다.

"말이 없는 사람은 흐르지 않는 깊은 물과 같이 위험하다."라는 말이 있습니다. 아이들의 밝은 목소리를 듣고 싶다면 자주 놀아 주는 것보다 더 좋은 방법은 없다는 사실을 새삼 깨달은 시간이었습니다.

고집불통 아이 대처법

　초등학교 6학년인 석규가 어머니와 함께 찾아왔습니다. 석규가 일주일째 학교에 가지 않는다고 했습니다. 선생님에게 꾸지람을 듣고 나서부터라고 합니다. 수업 시간에 몰래 휴대 전화로 장난치다가 선생님에게 들켰는데, 선생님이 학급 규칙을 어겼다며 석규를 다른 친구들 앞에서 벌세웠다고 합니다.

　석규는 친구들을 보고 싶어 했습니다. 일주일 정도 집에 혼자 있으니 심심하기도 하고 친구들과 놀고 싶다고 했습니다. 그런데도 선생님을 생각하면 무섭고 싫어서 학교에는 안 가겠다고 했습니다. 석규는 엄마에게 담임 선생님을 바꿔 달라며 심하게 보챘습니다. 아이가 그러니 어머니가 반 바꾸는 문제를 학교에 이야기해 보았지만, 학기 중에 반을 바꾸기는 어렵다는 답변이 돌아왔다고 했습니다.

　석규는 몸집이 땅땅하고 고집이 아주 센 아이였습니다. 자신의 잘못을 전혀 인정하지 않았습니다. 선생님이 항상 자기만 미워한다고 생각하고 있었습니다. 석규는 "다른 친구들도 휴대 전화를 갖고 노는데, 왜 나만 혼내는지 모르겠어요."라며 흥분했습니다.

고집불통의 성격 때문에 석규는 어머니와도 멀어진 상태였습니다. 부모님이 선생님 편만 들고 자신을 이해하지 않는다며 투덜댔습니다. 이야기를 나누다 보니 무엇보다 먼저 석규와 어머니의 관계를 회복시켜야겠다는 생각이 들었습니다. 그래서 몇 가지 활동을 진행했습니다. 석규와 어머니에게 지금껏 가 본 곳 가운데 가장 인상 깊었던 장소를 물었습니다. 석규는 전남 장성에 있는 할머니 댁을, 어머니는 제주도 바다를 각각 꼽았습니다. 이어서 가장 잘하는 것을 물으니 석규는 노래 부르기를, 어머니는 노래 듣기를 말했습니다. 석규가 "우리는 서로 궁합이 잘 맞네요."라며 환하게 웃었습니다. 그렇게 석규와 어머니 사이에 계속 대화가 이어지도록 활동을 해 나갔습니다. 어머니는 "짧은 시간이었지만 석규와 차분히 앉아 얘기해 본 것은 참 오랜만이에요."라고 말했습니다. 언제부터인가 석규 말을 귀담아듣지 않았다며 오늘 석규를 많이 이해하게 됐다는 말도 덧붙였습니다.

마지막으로 석규에게 담임 선생님의 장점을 적게 했습니다. 석규는 "생각해 보니 선생님은 우리가 잘되라고 공부를 가르치시는데 제가 너무 심하게 장난을 쳤어요. 앞으로는 장난을 좀 줄일게요."라고 약속을 했습니다.

아이가 원인을 알 수 없는 고집을 부리면 부모는 참 힘들어합니다. 고집을 꺾을 수가 없어서 아이의 요구를 자꾸 들어주게 됩니다. 그러다 보면 자기 중심으로만 생각하는 아이의 성향이 점점 강해집니다.

이런 아이들을 잘 살펴보면 자기 것을 잃어버릴까 봐 두려워하고, 두려움을 분노나 고집의 형태로 드러냅니다. 이러한 상태가 지속되면 공감 능력이나 남을 배려하는 능력을 상실하게 됩니다.

아이들을 원칙대로 훈육하는 것은 고집 부리는 태도를 유연하게 하는 방법입니다. 원칙을 정해서 어긋난 행동을 반복할 경우 벌을 주는 것입니다. 원칙대로 아주 공정하게 아이를 대하면 고집불통인 아이도 상황에 수긍하면서 조금씩 나아지게 됩니다.

아이가 지나치게 고집을 부린다면 가정에서 아이와 토론을 통해 원칙을 정해 보세요. 이때 너무 여러 개의 원칙을 정하지 말고 아이와 꼭 지켜야 할 것을 다섯 가지 이내로 정합니다. 예를 들어 휴대 전화 사용, 학교에서 선생님을 대하는 태도 등에 대해 아이와 협의해서 기준을 정하는 것입니다. 아이가 지킬 만한 작은 것부터 시작합니다. 물론 부모님도 아이와 한 약속을 반드시 지켜야 합니다. 이런 과정을 거친다면 아이를 좀 더 따뜻한 시선으로 바라보게 되고, 고집불통인 모습에 가려져 있던 아이의 커다란 장점을 발견할 수 있을 것입니다. 고대 로마 철학자 세네카의 "고집쟁이는 쳐부술 수는 있어도, 순종시키지는 못한다."라는 말을 명심하기 바랍니다.

분노는 정직한 친구다

평소 알고 지내던 선생님이 자기 반 아이를 상담해 주었으면 좋겠다고 했습니다. 그래서 저녁 늦은 시간에 민규를 만났습니다. 전해 듣기로는 민규가 수업에 참여하지도 않고 자주 분노를 표출한다고 했는데, 막상 얼굴을 마주하고 보니 생각보다 거칠어 보이지 않았습니다. 몇 마디 인사를 나누고 팔씨름을 하자고 제안했을 때는 이미 수다쟁이가 되어 있었습니다.

민규에게 가장 원하는 것이 무엇인지 써 보게 했습니다. 누군가 자신을 평생 놀고먹게 해 주면 좋겠다고 썼습니다. 그 문장에 동그라미를 그리고 잠깐의 시간을 둔 뒤에 다시 읽어 보고 느낌을 쓰게 했습니다. 걱정이 없으며 편안하다고 했습니다. 그래서 지금까지 살면서 가장 편안했던 기억에 대해 이야기를 나누었습니다. 초등학교 시절 친구들과 놀러 다녔을 때, 어린 시절 외가에 살았을 때 그리고 잠잘 때가 편안하다고 했습니다.

살면서 가장 불편했던 기억에 대해서도 물었습니다. 미래를 생각할 때, 낯선 환경에 놓였을 때 불안하다고 했습니다. 그러면서 자신이 원하는 것을 현실에서 실현해 줄 사람이 없다는 것을 잘 안다고 말했습니다.

민규에게 꿈을 물었습니다. 소방관, 형사, 슈퍼스타, 완전 범죄자 등 장난스럽게 여러 가지 꿈을 말했습니다. 갖가지 꿈들을 이야기하면서 정말 두근거리고 재미있을 것 같다고도 했습니다. 그러면서 실은 전 세계를 돌며 연주하는 유명한 기타 연주자가 되고 싶다고 했습니다.

미래를 불안해하는 민규가 50대가 됐을 때의 모습에 대해 이야기를 나누었습니다. 50대가 되면 민규는 밴드 멤버들과 함께 전 세계를 돌며 공연을 하고 있을 거라고 말했습니다. 민규에게 50대의 자신이 되어 지금의 자신에게 편지를 써 보라고 했습니다.

야! 나는 글 쓰는 것 싫어하니 길게 안 쓰겠다. 너에게 아직 시간은 많다. 기타 열심히 치고, 음악을 좋아하면 노래도 좀 찾아 듣고 해라. 너는 할 수 있다. 그러니까 열심히 해 봐라.

자신이 꿈꾸는 미래를 위해서 어떻게 해야겠느냐고 물었습니다. 민규는 마음먹은 것을 끝까지 지켜 나가고, 기타 연습을 매일 30분씩 하겠다고 말했습니다. 그 약속을 꼭 지키기로 하면서 상담을 마쳤습니다.

민규와 상담을 마치고 나니 영화「위플래쉬」가 떠올랐습니다. '위플래쉬(whiplash)'는 채찍질이라는 뜻입니다. 영화의 주인공 앤드루는 드럼을 전공하는 음악 학교 신입생입니다. 앤드루는 광기 어린 교수 플레처를 만나 그의 밴드에 발탁되고, 플레처 교수는 잔인할 정도로 몰아치면서 앤드루를 가르칩니다. 폭력 같기도 하고 사랑 같기도 한 교육법으로 앤드루가 가슴 깊은 곳에 묻혀 있던 열정과 재능을 마주하게 해 줍니다. 영화의 마지막 장면에서 앤드루가 미친 듯이 드럼을 연주하는 장면은 가슴을 뛰게 합니다.

우리 주변에는 재능을 펼치는 데 한계를 느끼고 그것을 분노로 표출하는 아이들이 많습니다. 아이들의 분노나 좌절의 소리에 귀 기울여 그들의 호소를 신중히 파악해야 합니다. 그 소리는 자신의 한계를 말하는 것이며, 앞으로 나아가고 싶다는 메시지이기 때문입니다.

내밀한 회의주의가 반복되면

다른 학교에서 같이 근무한 적이 있는 선생님에게 전화가 왔습니다. 평소 연락이 뜸했던 사람에게 연락이 오면 아이 문제인 경우가 많습니다. 역시나, 잘 지내는지 안부를 묻다가 이야기 말미에 고등학교 1학년 아들의 상담을 부탁했습니다.

일주일 후 상곤이를 만났습니다. 어색한 분위기를 바꾸기 위해 상곤이가 좋아한다는 노래 이야기로 말문을 열었습니다. 기타를 치고 노래를 불러 주었습니다. 상곤이가 김광석을 좋아한다고 해서 「일어나」와 「이등병의 편지」를 연달아 불러 주었습니다. 노래가 끝나자 상곤이가 조금 밝아진 표정으로 박수를 쳤습니다.

상곤이에게 원하는 게 무엇인지 물었더니, 잘하는 게 생겼으면 좋겠다고 했습니다. 가족끼리 잘 지내고 키도 컸으면 좋겠다고 했습니다. 그중에 가장 원하는 게 무엇인지 다시 물었습니다. 잘하는 게 생겼으면 좋겠다고 합니다. 그 느낌을 묻자, 너무 좋다고 합니다. 그래서 지금까지 살면서 좋았던 기억에 대해서 이야기를 나눴습니다. 초등학교 시절 태권도 할 때, 가족끼리 스키장 갔을 때, 친구들이랑 놀

때 가장 좋았다고 했습니다. 특히 태권도에 재능 있다는 말을 들었을 때 기분이 좋았다고 했습니다. 그렇게 좋아하던 태권도를 왜 그만뒀는지 물었습니다. 중학교 올라오면서 운동을 하지 않게 됐는데, 태권도를 해서는 어른이 되어 먹고사는 것이 힘들기 때문이라고 했습니다. "미래가 막연해서⋯⋯."라며 말끝을 흐렸습니다.

상곤이가 마음이 열렸는지 속내를 이야기했습니다. 고등학교 다니면서 열심히 공부해 좋은 대학에 가서 성공하는 애들도 있겠지만, 공부가 적성에 맞지 않는 아이는 그만한 성과를 낼 수 없으니 자신이 하고 싶은 일이 생길 때까지 그냥 놓아두는 게 맞다고 강한 어조로 말했습니다. 정말 자기가 하고 싶은 것을 하는 게 중요하고, 자기가 원하는 것이더라도 강제로 하게 되면 싫어진다, 자기 스스로 자연스럽게 여러 경험을 해야 한다고 말하기도 했습니다. 그러면서 자신은 지금까지 너무 하기 싫은 것만 해서 짜증이 난다고 했습니다.

상곤이는 지금 부모님보다 잘살고 싶다고 했습니다. 그래서 공부를 잘하고 싶은 마음도 있었습니다. 그런데 놀고 싶은 마음이 더 크다고 합니다. 중학교 2학년 때부터 그랬답니다.

꿈을 물으면서 가상의 미래에 대해 이야기를 했습니다. 그런데 '태권도가 하고 싶다.' '축구 선수가 되고 싶다.' '아나운서가 되고 싶다.' 등 가상의 삶을 전제로 말하면서도 상곤이는 자신 없어 했습니다. 어떤 일을 해내는 것에 대한 확신이 없었습니다. 왜 그럴까요?

아마 자신의 가치를 남을 통해 인정받으려 했기 때문인 듯합니다. 저 또한 살면서 자신감이 떨어져 힘이 들었을 때, '나의 존재를 타인에게 증명하거나 허락받을 이유가 없으며, 나의 삶을 누군가에게 승인받을 필요가 없다.'라는 내용을 어느 소설책에서 읽고 위로받았던 기억이 났습니다.

불안은 수치심의 다른 이름

평소 반 아이들을 잘 보살피는 선생님이 상담 요청을 했습니다. 한 아이가 소화가 안 된다며 자주 보건실에 간다고 했습니다. 뭐든지 열심히 하려고 하는 아이라고 했습니다.

교장실을 찾은 건모는 고등학교 1학년치고는 덩치가 꽤 컸습니다. 건모는 예의 바르게 행동했지만 큰 눈을 껌벅거리는 모습이 왠지 불안해 보였습니다. 몇 가지 활동으로 긴장을 풀고, 요즘 해결하고 싶은 게 무엇인지 물었습니다. 건모는 아무 생각 없이 산다고 했습니다. 그 느낌을 쓰라고 했더니 '불안, 불만, 귀찮음' 등을 적었습니다. 상대방이 자신에게 실망할 때, 자신을 이상하게 생각할 때, 진로에 대해 생각할 때 불안하다고 했습니다. 해야 할 일이라는 것을 알면서도 의욕이 생기지 않는 게 귀찮음이라고 했습니다.

건모와 과거·현재·미래에 대해서 이야기를 나눴습니다. 과거와 연관된 단어를 먼저 이야기했습니다. 건모는 할머니, 친구들, 이사, 게임, 가정사, 여행, 공부, 학교 등 20여 가지를 썼습니다. 현재와 연관된 단어로는 여자 친구, 성격, 불안감, 스트레스, 발전, 진로, 음식

등을 썼습니다. 미래에 대해서는 가족, 군대, 친구들, 성격, 대인 관계, 다른 목표 등을 적었습니다.

단어 중에 더 중요한 것을 고르라고 했습니다. 과거 중에서도 가장 중요하게 생각하는 친구들에 대해서 물었습니다. 중학생 때 불량한 친구들과 몰려다녔지만 나중에 생각이 바뀌어 그 친구들을 멀리했다고 말했습니다.

건모와 미래의 꿈에 대해서도 이야기를 나누었습니다. 건모는 줄곧 예의를 갖추고 조심스럽게 이야기를 했습니다. 건모에게 노래를 좋아하는지 물었더니, 기타를 칠 줄 안다고 말했습니다. 기타를 건네받은 건모는 아주 멋진 기타 솜씨를 보였습니다. 그러면서 여자 친구 이야기, 중학교 시절 그룹사운드를 결성한 일에 대해 이야기를 했습니다.

건모의 멋진 연주에 대한 보답으로 제가 김광석의 「이등병의 편지」를 불렀습니다. 노래가 끝나고 박수를 쳐 주는 건모의 얼굴에서 처음의 불안감은 찾아볼 수 없었습니다. 하지만 아직도 못다 한 속 깊은 이야기가 남은 듯했습니다. 그래서 다음에 한 번 더 만나기로 하고 상담을 마쳤습니다.

많은 심리학자들의 노력에도 불구하고 불안의 원인은 아직까지 구체적으로 밝혀지지 않았습니다. 다만 유아기에 부모의 사랑을 지속적으로 받지 못할 경우 불안 장애가 생기지 않을까 추측되며, 특히 부모가 아이에게 조건을 걸고 어떤 행동을 요구하면 불안감이 더 크게 형성된다고 합니다. 공부를 잘한다는 조건만 충족되면 무엇이든 용서가 되는 현상이 바뀌어야 아이들이 불안에서 벗어나겠다는 생각이 듭니다. 조건이 주는 만족감의 이면에는 비교와 경쟁이 숨어 있습니다. 이 만족감은 항상 불안합니다. 그 불안 속에 가장 크게 자라는 것은 수치심입니다.

일시적으로 불안감을 해소하는 데 좋은 방법은 잠시 힘든 마음을 뒤로하고 재미있는 일을 하는 것입니다. 영화 보러 가기, 좋아하는 가수 공연 보기, 무작정 걷기, 맛집 탐방 등등……. 다만 이런 일들은 혼자서 해야 합니다. 누구의 눈치도 보지 않고 혼자서 시간을 보내는 것이 중요합니다.

아이들을 비교하고 냉소하는 것은

여학생 두 명과 남학생 한 명을 교장실에서 만났습니다. 영화배우가 꿈인 주철이와 항상 밝은 미소로 인사하는 민서, 민서 친구 영선이입니다. 개별 상담을 부담스러워하는 아이들을 위해 세 명의 아이와 동시에 상담을 했습니다.

두 사람씩 짝을 지어 서로의 공통점을 찾는 활동을 했습니다. 저는 영선이와 짝을 이뤄 공통점을 찾았습니다. 제주도와 김치찌개를 좋아한다는 공통점이 있었습니다.

이어서 셋 모두에게 살면서 가장 많이 도움받은 사람이 누구인지 물었습니다. 영선이는 엄마와 친구들이라고 했습니다. 주철이는 형과 자신, 민서는 엄마라고 했습니다. 반대로 해가 된 사람에 대해 말하는 시간을 가졌습니다. 주철이는 친구들이 자신을 나쁜 길로 가게 했다고 했습니다. 형이 좋기는 하지만 가끔 자신을 기죽인다고 했습니다. 민서는 중학교 때 자신을 따돌린 친구들이 너무 싫다고 했습니다. 영선이는 남자 친구 때문에 감정과 시간을 낭비하는 것 같아 피곤하다고 했습니다.

질문에 답하고 서로 궁금한 것을 알아 가면서 아이들 표정이 조금씩 밝아졌습니다. 수다를 떨다 보니 금세 한 시간이 지나갔습니다. 상담을 마치면서 셋 중 누가 따로 개별 상담을 하고 싶은지 물었습니다. 영선이가 하겠다고 해서 약속을 잡았습니다.

영선이를 따로 만난 날, 교장실에 오기 전과 후의 느낌을 물었습니다. 먼저 찾아오기가 망설여졌는데, 지난번에 친구들과 다녀가고 나서 교장실이 편하고 낯설지 않아서 좋다고 했습니다. 이어서 요즘 해결하고 싶은 문제를 종이에 쓰도록 했습니다. '약간의 피해망상, 지각, 자주 아픈 것'이라고 썼습니다. 각각의 문제에 동그라미를 그린 다음 화살표를 밑으로 긋고 느낌을 쓰게 했습니다. 불안하고 몸이 약해서 싫다고 했습니다. 특히 언니랑 비교당할 때, 자존심 상하는 말을 들을 때, 신체적으로 놀림을 당할 때 불안하다고 했습니다.

영선이는 초등학교 때 꽤 뚱뚱했다고 합니다. 언니가 공부를 아주 잘해 집에서는 항상 비교당하고, 학교에서는 친구들이 뚱뚱하다고 놀려 너무나 힘들었다고 했습니다.

아이들을 비교하고 냉소하는 것은 아이들의 밥에 독약을 넣는 것과 같습니다. 반복해서 비교당하다 보면 점점 자기를 사랑하는 마음이 마비됩니다.

영선이에게 다시 지금까지 쓴 것을 보고 눈을 감은 채 잠시 생각해 보게 한 다음 느낌을 쓰게 했습니다. "별로다. 계속 이렇게 살면 힘들 것 같다."라고 썼습니다. 생각을 글로 쓰게 해서 객관적으로 자신을 직면하게 한 것입니다. 상담을 마치면서 영선이는 "지난 상담 때 친구들과 재미있게 이야기해서 편안해졌고 속에 있는 이야기를 하고 나니 후련해요."라고 말했습니다.

자신감이 떨어질 때 자기 자신을 더 높은 관점에서 바라보면 인식의 전환이 이루어집니다. 예를 들어 기분을 좋게 하는 차를 마시면서 70세가 된 자신을 상상하며 지금의 자신에게 조언의 편지를 써 보는 겁니다. 현명하게 나이 든 자신과의 만남은 답답해진 생각과 마음을 뚫어 주고 활기를 찾아 줍니다.

마음속 괴물 떼어 내기

중학생 상현이가 매일 지각한다며 담임 선생님이 상담을 의뢰했습니다. 상현이는 더운지 검은색 웃옷을 벗어 손에 들고 교장실에 들어섰습니다.

노래 부르기와 기타 치는 것을 좋아한다는 상현이에게 김광석 노래 「일어나」를 불러 줬습니다. 상현이는 교장실에 오기 전에는 지각을 자주해 혼나러 온다고 생각해서 불편했는데, 노래를 듣고 나니 불안하고 불편한 마음이 사라졌다고 했습니다. 그런 상현이에게 정말 해결하고 싶은 것을 써 보라고 했더니 "거짓말과 게으름"이라고 썼습니다. 거짓말은 걱정이 된다고 했습니다. 게으름은 그 순간은 편하지만 해야 할 것을 하지 않아 마음이 불편하다고 했습니다.

두 가지 문제 중에 한 가지를 먼저 해결해 보자고 했습니다. 거짓말에 대해서 부담스러운 부분을 문장으로 표현해 보았습니다. 걱정이 돼 표현하지 못했던 것을 의식화하는 활동으로, 하고 나면 마음이 홀가분해지는 효과가 있습니다. "나는 비록 거짓말해서 걱정되지만 그럼에도 불구하고 그런 나를 온전히 마음속 깊이 사랑합니다."라고 쓰고 난 후에 거짓말에 대한 생각을 자세하게 쓰게 했습니다. "거짓말이 몸에 익어서 사회에 나가서도 거짓말을 하다 문제가 생길 것 같다. 이제 부모님께 학원 간다고 하고 밤늦게까지 친구들과 놀고 집에 들어가도 죄책감이 하나도 없다."라며 스스로 문제가 있음을 솔직하게 밝혔습니다. "계속 이렇게 살면 평생 당당하지 못할 것 같다."라고도 썼습니다. 상현이에게 자신이 쓴 문장을 여러 번 반복해 읽도록 했습니다.

상현이는 훌륭한 기타 연주자가 되고 싶다고 했습니다. 그러기 위해서 우선 기타 연습을 많이 하겠다고 약속하고 상담을 마쳤습니다.

상담을 하면서 지각에 대해 언급하지 않았는데도 다음 날 상현이에게 문자가 왔습니다. "선생님 죄송해요. 어제도 지각하고 오늘도 늦게 왔어요. 죄송합니다. 내일은 지각하지 않을게요." 그리고 나서 며칠 뒤, "선생님, 저 지각하지 않았어요."라는 문자가 왔습니다. 잘했다고 칭찬해 주었습니다.

고대 그리스와 로마 시대에 뱃사람들이 폭풍우보다 더 무서워한 것이 있었습니다. 그것은 '레모라'라는 이름의 괴상한 물고기로, 아무리 큰 배도 앞으로 나아가지 못하게 했습니다. 이런 괴물 같은 훼방꾼이 우리 마음속에도 있는데, 바로 '게으름'입니다. 상현이 마음속에도 이 괴물이 있었습니다. 청소년 시기 아이들에게 붙은 이 괴물은 말로 떼어 내려 하면 더욱 달라붙는 특징이 있습니다. 그저 생각할 틈 없이 놀아 주고 스스로 극복할 때까지 기다리고 도와주는 것이

이 괴물을 떼어 내는 최고의 비법임을 상현이와의 상담을 통해 다시금 확인했습니다.

성인은 좀 더 치밀한 방법을 사용해야 게으름이 떨어져 나갑니다. 첫 번째로 자신이 게으르다는 것을 인정해야 하며, 두 번째로 게으름으로 인해 생기는 죄책감·불안·걱정 등이 자신의 일부임을 받아들여야 합니다. 그런 다음 게으름이 자신의 행동을 지배하지 못하도록 의식적으로 자기만의 방법을 정해 고쳐 나가야 합니다. 용기를 가지고 이러한 노력을 꾸준히 반복해야 마음속 깊은 곳에서 우리를 괴롭히는 생각을 비우는 동시에 더 깊은 자아와 연결되는 에너지를 만날 수 있습니다.

솔직함은 두려움을 극복하는 최선의 방책

전화가 왔습니다. 수화기 너머에서 저를 꼭 만나야 한다는 절박한 목소리가 들렸습니다. 고등학교 1학년 아이의 부모라고 합니다. 상담실로 찾아온 지만이 어머니는 아이가 학교에 입학한 지 한 달 만에 자퇴했다고 했습니다. 그 후 1년이 지났는데 도무지 학교에 돌아갈 생각을 하지 않는다고 합니다. 아이가 아침에 일어나지 못해서 매일 전쟁을 치르고 있다고 했습니다. 자퇴를 허락한 것이 내내 마음에 걸리고, 아이를 어떻게든 학교에 보내야 하는데 방법이 없다며 상담을 의뢰했습니다.

지만이 어머니에게 언제든지 아이를 데리고 오라고 했습니다. 다만 아이에게 저를 '기존 상담 선생님과 다르고 재미있다. 3집 앨범까지 낸 가수이기도 하다.'라고 소개해 호기심을 갖게 한 다음 인터넷에서 제가 노래하는 동영상을 찾아 미리 보여 주라고 했습니다. 이렇게 소개하면 다른 사람 만나는 것을 회피하는 아이들을 상담실까지 오게 하는 데 효과가 있습니다. 아이들 속마음에는 자신도 변하고 싶다는 욕구가 있기 때문에, 상담받아야 하는 이유를 만들어 주는 것이 필요합니다.

지만이는 생각과는 다른 모습이었습니다. 마른 체구와 콧날이 오뚝한 얼굴이 날카롭고 당당해 보였습니다. 저는 지만이에게 오는 데 고생이 많았다고 이야기하면서 손을 내밀고 자연스럽게 팔씨름을 제안했습니다. 지만이는 오른손이 불편하고 왼손 힘이 세다며 왼손으로 하자고 역제안을 했습니다. 왼손으로 세 번 팔씨름을 하는 동안에 굳어 있던 지만이 표정이 풀리기 시작했습니다.

우리는 서로 공통점을 찾는 시간을 가졌습니다. 여행, 노래 부르기, 영화 보는 것이 공통의 관심사였습니다. 지만이는 운동, 특히 축구를 좋아하지만 저는 반대로 축구를 싫어하는 차이점도 발견했습니다. 저는 원래 축구를 좋아했는데 어린 시절에 축구하다가 팔을 다친 뒤로 싫어하게 되었다고 말해 주었습니다.

지만이에게 요즘 해결하고 싶은 것이 있는지 물었습니다. 성실했으면 좋겠고, 근심과 걱정이 없었으면 좋겠다고 했습니다. '성실' 하면 떠오르는 느낌을 쓰는 시간을 가졌습니다. '생기 있음, 귀찮음, 지루함'이라고 했습니다. 자신은 축구할 때 가장 생기가 있으며, 게임 대회 나갈 때와 학교 다닐 때 생기가 있었다고 합니다. 학교 다닐 때 생기 있고 좋았는데 왜 지금은 학교를 안 가는지 물었더니, 좋았던 건 중학교 때 이야기라며 더는 묻지 못하도록 잘라 말했습니다. 귀찮은 것은 학교 다닐 때와 학교 가려고 일어날 때, 학원 다닐 때라고 했습니다. 중학교 3학년 때부터 이유 없이 피곤했다고 합니다.

지만이는 주로 진로 걱정과 게임에만 빠져 지내는 생활을 걱정했습니다. 성실하지 못해 참 후회스럽다는 말도 덧붙였습니다. 그때까지 쓴 것을 내려놓고 잠시 눈을 감은 다음 눈을 뜨고 다시 읽는 시간을 가졌습니다. 그런 다음 계속 이렇게 살면 어떤 대가를 치르게 될 것 같은지 물었습니다. 미래가 없다고 했습니다. 그리고 이렇게 된 이유로는 의지박약을 꼽았습니다. 그러면서 무엇인가를 하려고 시도할 때마다 스트레스를 많이 받는다고 했습니다. 문제점을 잘 알고는 있지만 행동으로 옮기지 못한다고 했습니다. 정말 자신도 바뀌고 싶다고 했습니다.

지만이에게 어릴 때부터 잘했던 것을 쓰도록 했습니다. 축구, 게임 대회 우승, 종교적 가치관 정립, 윤리적인 삶에 대한 깨달음 등을 적었습니다. 지금은 학교를 안 다니지만 윤리적으로나 도덕적으로 자신이 잘하고 있음을 강조했습니다. 자신에게 맞는 학교가 있다면 잘 다닐 수 있겠지만, 기존의 학교 교육은 자신에게 의미가 없다고 단호하게 말했습니다. 삶을 정면으로 돌파하지 못하고 고통을 마주하지 못하는 모습을 보며, 어린 시절에 부모에게 원하는 것을 받지 못해 자신도 모르게 모든 것을 회피하는 기제가 작동하는 게 아닌가 생각했습니다.

지만이는 행복한 삶을 살고 싶다고 했습니다. 그리고 인정받고 싶다고 했습니다. 그렇게 살기 위해서 오늘 할 일이 무엇이 있을까 다시 물었습니다. 자신에게 맞는 학교를 찾는 것이라고 했습니다. 다니고 싶은 학교를 알아보고 나서 저에게 전화로 도움을 구하겠다고 약속하고 상담을 마쳤습니다.

지만이는 내심으로 학교를 다시 가고 싶지만 명분을 찾지 못하는 것 같았으며, 의지가 약한 점을 게으름이라는 이름으로 변명하며 하루하루 의미 없이 지내고 있었습니다. 프랑스의 직관주의자 베르그송은 사람에게는 두 가지 의지가 있다고 했습니다. 하나는 위로 올라가려는 의지이고, 다른 하나는 아래로 내려가려는 의지라고 합니다. 이 두 가지가 우리 내부에서 서로 싸운다고 합니다. 위로 향할지, 아래로 향할지는 전적으로 자신에게 달려 있습니다. 의지가 서로 싸울 때 작은 솔직함은 등불과 같이 우리를 위로 향하게 합니다.

의지를 강하게 하려면 연습이 필요합니다. 의지를 연습한다니, 좀 이상하게 들릴 수도 있습니다. 그러나 의지는 연습의 결과물입니다. 자신의 의지를 강하게 할 수 있는 사람은 그 누구도 아닌 자기 자신입니다. 실패하거나 방해할 위험 요소가 없다면 무엇을 가장 하고 싶은지 5분 정도 생각해 봅니다. 조용히 떠오르는 것을 종이에 쓰고, 그 내용 중에 한 가지를 꼭 실천해 보기 바랍니다. 그리고 실천했을 때의 느낌을 잘 간직하다 보면 평범한 것에서도 소중한 것을 발견하는 눈을 갖게 될 것입니다.

긍정을 선택하는 연습을 하라

누가 자신을 조금만 불편하게 해도 유난히 화를 많이 내는 사람이 있습니다. 내면에 안정감이 결여된 사람이지요. 아이라고 예외는 아닙니다. 화를 많이 내는 사람을 달라지게 하려면 먼저 안정감을 저해하는 부정적인 요소가 무엇인지 살펴보아야 합니다.

선생님이 준 벌이 부당하다는 문자 메시지를 보내 온 중학생 민성이를 만났습니다. 약간 흥분해 있는 민성이에게 교장실에 와 줘서 고맙다고 칭찬해 화를 누그러뜨린 후 과거로 여행을 떠났습니다.

먼저 살면서 가장 크게 도움받은 사람이 있다면 누구인지 물었습니다. 삼촌이라고 했습니다. 어릴 때 부모님이 맞벌이를 해서 자신을 돌봐줄 사람이 없었다고 합니다. 그때 삼촌이 많이 도와줬고, 지금도 도움을 준다고 했습니다. 또 생각나는 사람은 친구라고 했습니다. 중학교에 들어오고 나서, 집에서 느끼는 온갖 압박에 못 이겨 반항과 일탈을 일삼을 때 자신을 붙잡아 준 친구가 고맙다고 했습니다.

이어서 반대로 해를 끼친 사람에 대해서 이야기를 나누었습니다. 자기는 남을 비판하는 것을 별로 좋아하지 않는다고 하면서 딱 한 명, 아빠가 생각난다고 했습니다. 지금도 자신의 삶을 가로막는 것은 아빠라고 했습니다. 아빠에게 처음 맞은 기억은 다섯 살 때인데, 따귀를 맞은 것을 시작으로 지금 생각해 보아도 참 어이없는 일로 많이 맞았다고 합니다. 아빠는 자신이 하는 일은 뭐든 안 된다고 반대했다고 합니다. 욕도 많이 들었다고 합니다.

폭력은 아이들에게 그림자를 드리우고 불행의 씨앗이 됩니다. 다행히 민성이는 자신의 이야기를 잘 들어 주고 기댈 수 있는 친구와 삼촌 덕분에 슬프고 절망적인 상황에서도 조금씩 앞으로 나아갈 수 있었습니다.

낡은 파자마를 입은 것처럼 자신이 편안하게 여기는 일에 대해서 생각나는 대로 써 보는 시간을 가졌습니다. 게임하기, 강아지와 산책하기, 노래 듣기, 친구들과 놀기, 뉴스 보기, 토론하기, 치킨 먹기, 혼자 걷기 등 30가지 이상을 써 내려갔습니다. 그 일들을 언제 했는지 물어보았습니다. 게임은 어제 했고, 노래 듣기는 일주일 정도 지났으며, 강아지와 산책한 지는 오래됐다고 했습니다. 강아지가 아프다고도 했고, 요즘 친구들과는 연락이 뜸한데 보고 싶다고도 했습니다.

상담을 마치면서 민성이에게 기분을 물었습니다. 예전 일을 떠올리니 화가 다시 나기도 했지만 한편으로 기분이 좋아졌다고 했습니다. 상담 시간이 매우 길었음에도 금방 지나간 것 같아 아쉽다는 소감을 전달했습니다.

행복한 삶을 위해서는 안정감이 필수입니다. 안정감은 어떤 변화에도 잘 적응하는 기초 체력과 같은 것입니다. 그 기초 체력은 스스로에게 던지는 질문에서 나옵니다. 마음이 혼란스럽고 불안하다면, 조용한 장소로 이동합니다. 그리고 살면서 가장 많이 도움받은 사람은 누구인지, 가장 미운 사람은 또 누구인지, 자기가 하는 일이 무조건 잘된다고 가정하고 무엇을 하고 싶은지를 써 봅니다. 이 질문들은 언짢은 기분을 풀어 주고 감정의 균형을 잡아 주며 또 상황을 잘 이해하게 하는 효과를 발휘합니다. 새삼 행복이 이렇게 단순한 방법으로도 가능하다는 사실을 알게 될 것입니다.

아이들을 세상과 연결하는 다리는 무엇일까?

눈동자가 차분해 보이는 정제가 단정한 교복 차림으로 교장실을 찾았습니다. 용돈을 스스로 벌고 싶어서 아르바이트를 시작했다는 정제와 우선 팔씨름부터 했습니다. 몸을 움직이며 힘을 쓰다 보면 아이들은 쉽게 경계심을 낮춥니다.

정제에게 해결하고 싶은 것이 무엇인지 물었습니다. 진학과 금연이라고 했습니다. 각각의 문제에 대한 느낌을 물었습니다. 대학교 진학을 생각하면 자유가 느껴진다고 했고, 금연은 힘들다고 했습니다. 살면서 자유롭다고 느낀 적에 대해서 이야기했습니다. 방학 때 학교를 안 가서 자유롭고 좋은데, 특히 겨울 방학이 좋다고 했습니다. 밥 먹을 때는 아무도 안 건드려서 자유롭다고 했습니다. 자유의 반대는 무엇이라고 생각하는지 물었습니다. 압박감이라고 했습니다. 성적표가 나올 때, 공부를 더 열심히 해야 더 좋은 방향으로 나아갈 수 있을 것 같은 압박감이 생긴다고 했습니다.

정제는 살면서 가장 많이 도움받은 사람으로 친구를 꼽았습니다. 부모님이 이혼했을 때 버팀목이 돼 줬다고 합니다. 그리고 학교 선생님은 자기가 나쁜 길로 가지 않도록 이끌어 줘 고맙다고 했습니다.

정제에게 자신이 즐기는 일을 생각나는 대로 써 보라고 했습니다. 노래방, 옷, 순댓국, 음악, 이웃 돕기 등을 써 내려갔습니다. 그중에 이웃 돕기가 눈에 띄어 자세한 설명을 부탁했습니다. 폐휴지를 줍고 있는 할머니가 배고프실까 봐 자신이 가지고 있던 빵을 주었다고 했습니다. 처음에 안 받으려고 하시다가 고맙다면서 받아 기분이 좋았다고 했습니다. 자신이 과거에 남을 위해 도왔던 다른 일들도 들려줬습니다.

이렇게 좋은 일을 많이 하는 정제에게 '성공한 40대의 정제가 지금의 정제에게 꼭 해 주고 싶은 말'을 써 보는 시간을 가졌습니다. 남에게 베푸는 마음과 도전정신을 기르고, 항상 최선을 다하고, 운동도 열심히 했으면 좋겠다고 써 내려갔습니다.

정제의 꿈은 아직 정해지지 않았지만, 정리되고 있다고 했습니다. 한 가정의 아버지가 되고, 풍요로운 삶은 아니더라도 아내를 지킬 수 있는 남자가 되고 싶다고 했습니다. 부모님에게 용돈을 드리는 정도의 여유가 있는 삶도 살고 싶다고 했습니다.

상담을 마치면서, 진로를 빨리 찾기 위해 선생님과의 면담과 인터넷 검색을 꼭 하기로 했습니다. 정제는 이번 상담이 인생의 전환점이 될 것 같다며 자신이 어떻게 살아야 할지를 알게 됐다고도 했습니다.

상담을 하면서 정제는 말끝마다 '그냥 그렇다'를 입버릇처럼 말했습니다. 가정 불화로 인해 자신의 꿈을 마음껏 펼치지 못한 아쉬움을 숨기려고 일부러 매사에 무관심한 척하는 것 같았습니다. 최근 흡연하다 담임 선생님에게 적발돼 심적 부담이 겹쳐서인지 더 힘들어했습니다.

무력감과 두려움에 빠져 힘들어하는 아이들에게 도움이 되는 비법이 있습니다. 자신이 정말 하고 싶은 것이 무엇인지 열 가지 이상 빠르게 쓰고, 그중에 하나를 실천해 보는 것입니다. 이처럼 작은 실천이 자신을 세상과 연결하는 중요한 기능을 할 수 있습니다.

혹시 마음이 마치 조율이 되지 않은 악기가 내는 소리처럼 혼란스럽다면, 눈을 감고 "나는 의미 없는 세상을 보고 있다."라는 말을 여러 번 반복해 봅니다. 그리고 자신이 두려워하고 분노하는 것이 무엇인지 생각해 봅니다. 처음에는 마치 칼에 살을 베이는 것처럼 마음이 아플 수도 있습니다. 하지만 이러한 과정을 통해 마음이 차분해지고, 소란스러웠던 갈등도 정교하게 조율될 것입니다. 그리고 자신이 무엇을 진정으로 소망하는지 말하는 내적 목소리를 듣게 될 것입니다.

노래하는 교장 방승호의

마음의 반창고

초판 1쇄 발행 • 2017년 1월 20일

지은이 • 방승호

펴낸이 • 강일우

책임편집 • 유병록

디자인 • 반서윤

조판 • 박아경 황숙화

펴낸곳 • (주)창비

등록 • 1986년 8월 5일 제85호

주소 • 10881 경기도 파주시 회동길 184

전화 • 031-955-3333

팩스 • 영업 031-955-3399 편집 031-955-3400

홈페이지 • www.changbi.com

전자우편 • enfant@changbi.com

ⓒ 방승호 2017

ISBN 978-89-364-7316-7 03800